競作時代アンソロジー

哀歌《あいか》の雨

今井絵美子
岡本さとる
藤原緋沙子

祥伝社文庫

哀《あい》歌《か》の雨《あめ》

目次

待宵《まつよい》びと

今井絵美子

著者・今井《いまい》絵美子《えみこ》

広島県生まれ。テレビプロデューサーを経て、二〇〇三年「小日向源伍の終わらない夏」で第一〇回九州さが大衆文学賞・笹沢左保賞を受賞、一五年「立場茶屋おりき」シリーズで第四回歴史時代作家クラブ賞シリーズ賞を受賞。主な著書に「便り屋お葉日月抄」（祥伝社文庫）「髪ゆい猫字屋繁盛記」シリーズ『群青のとき』『綺良のさくら』等。

「奥方さま！」

その声に紀伊《きい》が顔を上げると、背負《しょ》い籠《こ》を背負《せお》った、三奈木辰之助《みなぎたつのすけ》が立っていた。

「えれェこと、がま出し（精を出し）なさっと！　こげんに里芋《さといも》を採《と》りなっとは……」

紀伊は洗い桶《おけ》の中の里芋を手で掬《すく》い、頬《ほお》を弛《ゆる》めた。

「やっとね……。本当に、やっと一人前に百姓仕事が熟《こな》せるようになりました。そうだわ！　少し持って帰りませんこと」

「なァんの……。うちん家《げ》（我が家）でもようけェこと採れやしてのっ。お裾分《すそわ》けしようと思って持って来たけんど、こりゃ要《い》らんこってでしたな」

辰之助が決まり悪そうに、背中の背負い籠を下ろす。

「まあ、そうでしたの……。あら、でも、おまえさまの里芋の立派なこと！　それに、大根《だいこん》も……。あら、栗《くり》まであるではないですか！」

紀伊が背負い籠を覗《のぞ》き込み、目をまじくじさせる。

「なら、貰《もろ》うてくれなるんで？」

「当たり前ですよ。助かりますわ……。けれども、こんなに沢山頂《いただ》いて宜《よろ》しいの？　うちは真明《まさあき》と喜助《きすけ》、わたくしの三人だけなのですもの、こんなに頂いては……」

紀伊が戸惑《とまど》ったように言う。

「なに、これっぱァの大根《でえこん》……。朝晩冷え込むようになったけん、風呂吹《ふろふ》き（大根）にでもしなちゃるとええ……。それに、栗はまだ採ったばかりじゃけん、涼《すず》しいところで二、三日寝かしんさったら甘みが増すけんのっ」

「いつも申し訳ありませんね」

「なんのっ、こればァのこと……。旦那《だんな》さまは百姓の小倅《こせがれ》じゃったおどん（俺）を従卒《じゅうそつ》に執《と》り立ててくれなった……。その恩を思うと、こげんこと、どげんだっちゃよか（どうということはない）！」

紀伊の胸がじくじくと疼《うず》く。

辰之助が夫堀平右衛門《ほりへいえもん》に憧《あこが》れ、なんとしてでも家臣に加えてくれと頼み込んできたのは、平右衛門が黒田長興《くろだながおき》の分封《ぶんぽう》に伴《ともな》い家老として秋月《あきづき》に移ってきたばかりの頃のことであった。

辰之助には苗字《みようじ》がなく、聞けば、三奈木の百姓だという。

当初、平右衛門は、現在《いま》はもう戦国の世ではない、と難色《なんしょく》を示した。

が、辰之助は諦《あきら》めることなく、夜《よ》討《う》ち朝駆《あさが》けしてまで、遂《つい》に平右衛門の首を縦《たて》に振らせてしまったのである。

紀伊の見るところ、平右衛門は端《はな》から辰之助の中に至誠《しせい》の心を見出《みいだ》していたように思う。

と言うのも、播磨《はりま》の貧しい家に生まれ、当時は明石久七《あかしひさしち》と名乗っていた平右衛門も、播磨出自《しゅつじ》の黒田長政《ながまさ》に憧れ、その家臣である住江茂右衛門《すみのえもえもん》の従卒となり、文禄《ぶんろく》の役《えき》（朝鮮出兵《ちょうせんしゅっぺい》／一五九二～九三年）での功労《こうろう》が認められるや、長政の家臣となったからである。

それからの平右衛門の活躍は、目を瞠《みは》るものがあった。

その戦いぶりの豪傑《ごうけつ》なこと、常に先陣を切ったのである。

ところが、直情径行《ちょくじょうけいこう》型の性質が禍《わざわい》してか、新参者でありながら古参《こさん》の連中と口論になり、屏居謹慎《へいきょきんしん》を命じられた。

が、文禄二年（一五九三）六月の慶尚南道《けいしょうなんどう》における晋州《しんしゅう》城攻城では一番乗りをしたばかりか一番首の戦功者となり、長政より四百石の加増を受け五百石を賜《たまわ》ることとなったのである。

平右衛門は硬軟併《こうなんあわ》せ持ち、情に厚く真心《まごころ》のある、義理堅《ぎりがた》い男でもあった。

慶長《けいちょう》五年（一六〇〇）の木曾川《きそがわ》、合渡川《ごうどがわ》の戦いでは、泥田《どろた》に落ちた長政に自《みずか》らの馬を差し出し、危機一髪《ききいっぱつ》、主人《あるじ》の生命《いのち》を救い、関《せき》ヶ原《はら》の戦いでは、組み敷《し》いた相手が陣場《じんば》借りをしていた伊丹親興《いたみちかおき》の知人と知るや、放免してやったという。

名前を堀平右衛門と改め、三千石の知行臣《ちぎょうしん》となったのはこの頃である。

平右衛門は藩の重鎮《じゅうちん》、栗山備後利安《くりやまびんごとしやす》、大膳利章父子《だいぜんとしあきらおやこ》に目をかけられることとなった。

武士の心得《こころえ》が欠《か》けていた平右衛門に、兵法《ひょうほう》や武士道《ぶしどう》を伝授してくれたのである。

そればかりか、利安は三女の紀伊を平右衛門に嫁《とつ》がせ、これにより、大膳と平右衛門は義兄弟《ぎきょうだい》となったのだった。

気づくと、一従卒だった平右衛門は、黒田二十四騎《き》の一人に数えられるようになっていたのである。

明石久七と名乗っていた頃を思うと、なんたる栄進ぶりであろうか……。

平右衛門の運命が大きく変わることになったのは、元和《げんな》九年（一六二三）のことであった。

長政、忠之父子《ただゆきおやこ》が朝廷に参内《さんだい》していた徳川家光《とくがわいえみつ》に拝謁《はいえつ》するために上洛《じょうらく》中、長政の持病が悪化し、京の報恩寺《ほうおんじ》で危篤《きとく》状態に陥《おちい》ったのである。

急遽《きゅうきょ》、家老の栗山大膳と小河内蔵允《おごうくらのじょう》の二人が長政の病床に呼び出された。

長政は今際《いまわ》の際《きわ》に、三十三歳の若き大膳に藩の先行きを託《たく》そうとしたのである。

「よくよく右衛門佐《うえもんのすけ》（忠之）を頼む。あの性状《せいじょう》では将来いかなる状況が起こるやもしれぬ」

長政はそう言い、一通の感状《かんじょう》と遺書を差し出した。

感状は徳川家康《いえやす》から下されたもので、その内容は、家康を天下人《てんかびと》に押し上げた最大の功労者として長政を称《たた》え、黒田家子々孫々《ししそんそん》まで疎略《そりゃく》に扱わない、というものであった。

そして遺書には、黒田藩は右衛門佐忠之に継《つ》がせて大膳が補佐を務《つと》め、また次男（三男とも）長興に秋月を分封し、堀平右衛門、宮崎織部《みやざきおりべ》を家老にとあった。

長政は傍若無人《ぼうじゃくぶじん》で傲慢《ごうまん》な忠之に藩を託すことに鬼胎《きたい》を抱き、監視役として大膳を傍《そば》につけることにした一方、この年十四歳と若輩《じゃくはい》の長興には老練《ろうれん》な平右衛門をつけ、補佐役を務めさせることにしたのである。

だが、ことは円転滑脱《えんてんかつだつ》には進まなかった。

忠之は長政が危篤に陥ったときに京にいたのだが、長興は母大涼院《だいりょういん》、弟の隆政《たかまさ》と共に江戸屋敷にいた。そのため急遽、平右衛門を供に江戸を出立《しゅったつ》したところ、天竜川《てんりゅうがわ》まで来たところで、忠之の使者に差し止められてしまったのである。

「京に上《のぼ》ってはならない、すぐさま江戸に引き返せとの命《めい》にございます」

使者の言葉に、平右衛門はフンと鼻で嗤《わら》った。

長興の分封を認めず、今後も家臣に留《とど》めておこうという、忠之の魂胆《こんたん》が見え見えだったのである。

平右衛門は使者の言葉には耳を貸さず、長興らを京へと導《みちび》き、長政に最期《さいご》の別れをさせた。

とは言え、長興が正式に藩主と認められるには、将軍家光の謁見が必定《ひつじょう》となるが、ここでもまた、忠之の嫌《いや》がらせが……。

長興の許《もと》に、忠之から江戸参府《さんぷ》を禁ずる命が届いたのである。

無論《むろん》、平右衛門はきっぱりと断った。

「常々、長政公よりお言葉を頂いた末の秋月分封であり、しかも、平右衛門をおつけになった上は、長政公の御意《ぎょい》の程もあり、将軍さまに謁見しないままでは、此《こ》の儀《ぎ》はお断りする」

このことにより、黒田藩と秋月は完全に親交不通《しんこうふつう》となった。

ここに目をつけたのが、隣国小倉《こくら》城主細川忠利《ほそかわただとし》である。

「聞けば難儀《なんぎ》の折、なんなりとお助けのことがあれば……」

忠利が使者を立て、御召船《おめしせん》、御供船《おともせん》合わせて十艘《じゅっそう》ほどを、いつでも用立てると言ってきたのである。

「主人《あるじ》に申し上げましたところ、ご昵懇《じっこん》のほどは忝《かたじけな》く思えど、我が宗家《そうけ》と忠利どのとは先代以来ご不通の間柄《あいだがら》……。されば、我ら兄弟に行き違いが生《しょう》じたからとて、ご助勢《じょせい》の儀は一切《いっさい》お断り申し上げまする、とのことにございます」

平右衛門は毅然《きぜん》として断った。

ところが忠利は懲《こ》りることなく、再び使者を遣《つか》わしたのである。

「今後はともかく、この度《たび》のご出府《しゅっぷ》の御召船だけでも寸志《すんし》として受け取っていただきたい」

使者はそう言ったが、平右衛門は頑《がん》として受けつけなかった。

「長興は若年《じゃくねん》ではありますが、一度《ひとたび》お断り申し上げた言を、変更いたすような者ではござらぬ。重ねてのご使者はご無用に願います」

平右衛門はそればかりか、ここに至《いた》っては機先《きせん》を制すべき、と長興に江戸への潜行《せんこう》を促《うなが》し、寛永《かんえい》二年（一六二五）の正月、下関《しものせき》より船を仕立て、江戸に出立したのである。

難業《なんぎょう》の末、一行が江戸に着いたのは、二月も末のこと……。

ところが、将軍拝謁までには更《さら》に一年ほどのときがかかり、謁見が叶《かな》ったのは翌寛永三年（一六二六）の正月二十日のことで、更に朝廷から官位《かんい》が叙《じょ》せられたのは、その年の八月のことであった。

秋月藩黒田甲斐守《かいのかみ》長興の誕生である。

辰之助が仕官を願い出たのは、平右衛門が長興の国入りに伴い初めて秋月入りをしたときのことだった。

頑固《がんこ》なことでは誰にも引けを取らない平右衛門が、結句、辰之助の熱意に根負《こんま》けした恰好《かっこう》で家士《かし》として雇《やと》うことになり、その折、苗字のない辰之助に地名の三奈木という姓を与えたのである。

辰之助は江戸にいることのほうが多い平右衛門の留守を護《まも》り、家士、はたまた下男として実によく我勢《がせい》してくれ、堀家のために尽くしてくれた。

平右衛門が秋月入りして四年後、平右衛門の突然の脱藩《だっぱん》により、家士や婢《はしため》に暇《ひま》を出さなければならなくなったときのことを考えると、現在《いま》でも、紀伊は胸が切り裂《さ》かれるように痛むのだった。

「これまでご苦労でした。旦那さまの不始末《ふしまつ》により、おまえたちに充分なことをしてやれないまま暇を取らせる次第となり許しておくれでないか……。本来ならば、次の奉公先を斡旋《あっせん》すべきところなのですが、脱藩、造反《ぞうはん》の汚名《おめい》を着せられた堀家の現在《いま》の立場では、それも叶わない……。皆、達者《たっしゃ》でいて下さい。わたくしに言えることはそれだけです」

紀伊は使用人の前で深々と頭を下げた。

「奥方さま、頭を上げてくれなばい……。奥方さまはいっ、いっ、ちょん（まったく）悪うなか！」

「そやそや！　うちどん（我々）、誰一人として腹かいっ、いっ、ちゃおらんで……」

「有難《ありがと》うね。おまえたちがそう言ってくれるとは……」

「奥方さま！」

「お達者で……」

そんなふうにして使用人と涙の別れをしたのだが、そのときも、辰之助は最後まで紀伊と行動を共にすると言い張った。

が、それを止めたのが、下男の喜助爺《じい》である。

「辰之助、奥方さまの言うことを聞かにゃようなか！　奥方さまの傍にゃおどんが残る。おどんはもう歳《とし》やけん、先がねえ……。その点、おめえにはまだ先がある。嫁ご貰《もろ》うて、餓鬼《がき》さ作れ！」

「喜助の言うとおりです。三奈木に戻って、これからは親孝行をして下さいね」

「けんど、奥方さまはどげんしなっと？」

「わたくしのことは心配しないで下さい。堀家が逼塞《ひっそく》したからには、もうこの屋敷にはいられませんが、今後の身の振り方は黒田の姉に相談してみますので……」

「あっ、黒田美作《みまさか》さまに……。なら、安心だ……」

辰之助はほんの少し眉を開き、渋々《しぶしぶ》、三奈木に戻ることを承諾してくれたのだった。

それからというもの、紀伊が黒田美作一成《かずしげ》に嫁いだ姉美穂《みほ》の配慮で杷木志波《はきしわ》の左右良《まてら》（麻氏良《まてら》とも）城西南の麓《ふもと》に居《きょ》を構えてからは、辰之助は度々訪ねて来ては畑仕事を手伝い、細々《こまごま》とした雑用を助《す》けてくれているのだった。

「あら嫌だ！　お茶も淹《い》れずに……。さっ、辰之助、中に入りましょうよ」

紀伊はハッと我に返ると、鄙《ひな》びた百姓家の板戸を開けた。


辰之助が引き上げると、紀伊は喜助の野良着《のらぎ》に肩当てを当て、麻糸《あさいと》で刺子《さしこ》を施《ほどこ》していった。

こうすると、背負い籠を背負ったり天秤棒《てんびんぼう》を担《かつ》ぐためにどうしても綻《ほころ》びの出る部分が、強さを増し、また温かくもある。

九月も末になると、筑後《ちくご》平野が一望《いちぼう》できるこの麓は、初霜《はつしも》を見る。

そろそろ冬仕度《ふゆじたく》をと思い、それで喜助の野良着を補強しているのだが、長いこと放っておいた柳行李《やなぎごうり》が、つと、紀伊の脳裡《のうり》を過《よ》ぎった。

もう二度と袖《そで》を通すことはないと思い、行李の蓋《ふた》を開けることもなく放っておいたのだが、まさか、着物が衣魚《しみ》に食われているのでは……。

そう思い、行李の蓋を開けてみると、一番上に置いた染分綸子地《そめわけりんずじ》の小袖が目に飛び込んできた。

扇面花卉模様絞縫箔《せんめんかきもようしぼりぬいはく》の小袖は、紀伊が平右衛門と祝言《しゅうげん》を挙《あ》げたときに纏《まと》ったものである。

茶と柿色《かきいろ》に染め分けられた地色に、扇面や花卉が描かれ、そのところどころに錦糸《きんし》で縫箔が施されていて、当時、二十歳《はたち》前だった紀伊には些《いささ》か地味と思えた小袖が、五十路《いそじ》を目前に控《ひか》えた現在《いま》こそ相応《ふさわ》しく思えるのだった。

と言うのも、紀伊は父娘《おやこ》ほど歳の離れた平右衛門の許に嫁ぐことになり、極力《きょくりょく》大人びて見えるように、敢《あ》えて地味な地色を選んだのである。

父利安から平右衛門の嫁になれと言われたとき、紀伊には抗《あらが》う術《すべ》がなかった。

「この者は武術、胆力《たんりょく》に長《た》け、黒田藩にはなくてはならない存在……。些か礼儀を弁《わきま》えぬところがあり無骨者《ぶこつもの》だが、心根《こころね》の優《やさ》しい男だ。よって、おまえの伴侶《はんりょ》に最適と見た……。紀伊に異存《いぞん》はないな?」

「姉上、わたくしからも推挙《すいきょ》しますぞ。平右衛門どのが義兄上《あにうえ》とは心強いことこのうえない!」

利安と大膳にそこまで言われたのでは、紀伊はひと言も異を唱《とな》えることが出来なかった。

何故《なぜ》ならば、一番上の姉美穂が黒田藩の重臣の一人である黒田美作一成に嫁ぎ、二番目の姉も黒田吉次郎政家《きちじろうまさいえ》に嫁いでいて、紀伊は利安たちが、次は武力の要《かなめ》となる男を栗山の縁続きに、と願っていることを知っていたからである。

とは言え、歳が三十三歳も離れているなんて……。

しかも、利安や大膳から聞かされた、平右衛門の数々の武勇伝《ぶゆうでん》はどうだろう……。

どちらかと言えばおっとりとした紀伊が、そんな平右衛門に気後《きおく》れしても仕方がない。

ところが、実際に平右衛門と所帯を持ってみて、紀伊の懸念《けねん》は瞬《またた》く間に払拭《ふっしょく》された。

平右衛門はまるで毀《こわ》れものにでも触《ふ》れるかのように、紀伊に接してくれたのである。

「わしはこの歳になるまで女《おな》ごに縁のない男でな。生涯女房を娶《めと》ることはないと思っていたのだが、まさか、栗山どのの娘御《むすめご》と所帯が持てるとは……。紀伊、不足に思うことがあれば、なんなりと言うてくれ。そなたの思うようにさせてやるのでな」

平右衛門はそう言い、まるで我が娘《こ》でも見るような目で、紀伊を見たのである。

紀伊は平右衛門との暮らしになんら不満がなかった。

家内のことは婢たちが仕切ってくれ、紀伊は平右衛門から下にも置かない扱いを受けたのである。

「紀伊は栗山にいた頃より安気に暮らしているように見受けられますが、違いますか？　何しろ、平右衛門どのがあのように嫁に甘いのですもの……」

「そうですよ！　父上が父娘《おやこ》ほど歳の離れた平右衛門どのに紀伊を嫁がせると言い出されたときには、父上はまた何を血迷《ちまよ》ってと思いましたが、やはり、お考えがあってのことだったのですね……。父上には、あの者ならおまえを幸せに出来る、と解《わか》っておいでだったのですよ」

姉二人は、口を揃《そろ》えて紀伊を羨《うらや》ましがった。

「あとは赤児《やや》を産《う》むだけですね。平右衛門どのの歳を考えれば、ぐずぐずしていられませんことよ」

「祝言を挙げて、はや三年……。未《いま》だに子宝に恵《めぐ》まれないとは……。まさか、平右衛門どのが紀伊を大事にしすぎて、夜の営《いとな》みをしていないというのではないでしょうね？」

姉二人は紀伊の待遇《たいぐう》を羨むと同時に、一向《いっこう》に懐妊《かいにん》の兆《きざ》しのないことに眉根《まゆね》を寄せた。

二人は、武家の妻女《さいじょ》たる者、嫡男《ちゃくなん》を上げて初めて一人前、と言いたかったのであろう。

平右衛門と紀伊の間に嫡男が生まれたのは、平右衛門五十四歳、紀伊二十一歳のときだった。

待望《たいぼう》の第一子は右馬丞《うまのじょう》と名付けられ、その二年後、次男真明が生まれた。

平右衛門が悦《よろこ》んだのは言うまでもない。

歳取ってからの子は可愛《かわい》いというが、それも堀家を継ぐべき男子なのだから尚《なお》更《さら》であろう。

振り返るに、紀伊にはこの頃が一番幸せだったように思える。

紀伊は左右良城の近くに居を構えてからも、時折、親子四人で平穏《へいおん》に暮らしていたあの頃のことを思い出し、涙ぐむことがある。

ところが、その平穏な暮らしも長くは続かなかった。

長政の遺言により次男長興に秋月藩五万石が与えられ、それに伴い、平右衛門が筆頭家老として秋月藩に移ってから状況が一変したのである。

平右衛門は長興の分封を認めようとしない忠之との駆け引きのため、三年近くの間、江戸や京、そして国許《くにもと》の間を行き来することになり、紀伊や子供たちと過ごすことが出来なくなったのである。

しかも、やっとの思いで幕府より秋月藩五万石の朱印状《しゅいんじょう》を得てからの、平右衛門の変貌《へんぼう》ぶりはどうだろう……。

難関《なんかん》を乗り越《こ》えたという安堵《あんど》と、主君長興がまだ二十歳前とあって、筆頭家老の自分が殿に代わってという想《おも》いが強すぎたからなのか、この頃より平右衛門の横暴《おうぼう》ぶりが目立つようになってきたのである。

この頃、平右衛門は既《すで》に七十路《ななそじ》を超《こ》えていて、もともと頑固一徹《いってつ》な性格にますます拍車《はくしゃ》がかかり、周囲《まわり》の者の言うことに耳を傾《かたむ》けようとしなくなったのだった。

創業の功臣《こうしん》、必ずしも守成《しゅせい》の能臣《のうしん》ならず……。

とにかく、平右衛門は長興に相談することもなく独断で物事を進め、盾突《たてつ》く者をびしびしと取り締《し》まったのである。

ところが、この頃になると、長興も分別《ふんべつ》のつく年頃になっていたものだから、さすがに黙っておけなくなった。

長興は平右衛門が裁断《さいだん》した部下への処分を、切腹《せっぷく》から追放、追放を逼塞に変えて対応しようとしたが、それでもまだ、平右衛門は手を弛めようとしない。

遂に、業を煮やした長興は幕閣《ばっかく》を訪ねると、平右衛門に意見をしてくれるようにと頼み込んだ。

幕閣阿部四郎五郎《あべしろうごろう》、花房志摩守《はなぶさしまのかみ》、荒木十左衛門《あらきじゅうざえもん》らは、平右衛門を呼び出すと、家老の分際《ぶんざい》で、些か出過ぎたところがあったのではないかと諫言《かんげん》した。

すると、平右衛門は開き直り、逆に、重臣たちを怒鳴《どな》りつけてしまったのである。

「それがしは身命《しんめい》を抛《なげう》って長興公を助け、亡き長政公の知遇《ちぐう》に報《むく》いんと思うのに、行《おこな》いを悪く受け取られるとは心外《しんがい》にござる！」

これには、重臣たちも言い返せなかった。

と言うのも、忠之の執拗《しつよう》なまでの嫌がらせを撥《は》ねつけて、幕府に長興が秋月藩主であることを認めさせようと水火《すいか》も辞《じ》せずに労を取り、念願叶ったのは平右衛門の強引《ごういん》さがあったればこそ……。

このことは、長興ばかりか幕閣の誰もが認めることだったのである。

こうして、平右衛門はますます傲慢になっていった。

次第に、平右衛門は藩で鼻つまみ者に……。

紀伊も決して心穏《こころおだ》やかではなかった。悪《あ》しき噂《うわさ》ばかりが耳に入りますが……」

「旦那さま、このところ、悪しき噂ばかりが耳に入りますが……」


あるとき、紀伊は思い切って平右衛門にそう言った。

が、平右衛門はじろりと紀伊を流し見ると、捨ておけばよい、女ごが政《まつりごと》に口を挟《はさ》んでどうする、そなたは家内のことを護っていればよい、と言い、歯牙《しが》にもかけてくれなかったのである。

そして寛永五年（一六二八）のことである。

嫡男の右馬丞は既に元服《げんぷく》を済ませていて、そのため平右衛門と行動を共にすることが多くなり、この年、平右衛門が長興の参勤の供をして江戸在府となるや、右馬丞も同行させた。

が、秋に入ってからのことである。

長興との間がますます険悪《けんあく》になっていた平右衛門が、何を思ってか、

「子息右馬丞を暫《しばら》く持病治療のため京へ遣わしたたし」

と長興に申し出てきたのである。

勿論《もちろん》、右馬丞の病《やまい》は嘘《うそ》であった。

と言うのも、元服を済ませ、藩主にお目見《めみ》えをして初めて後継者と認められるが、右馬丞はまだ長興にお目見えしていない。

そのため、平右衛門にしてみれば、なんとしてでもこの機を逃《のが》してはならなかった。

ところが、数日前よりお目見えを願い出ているのに、どういうわけか長興が良い返事をしない。

そこで、臍《へそ》を曲げた平右衛門が一計《いっけい》を案じ、長興を困らせてやろうと、右馬丞を病に仕立て、自らも暇乞《いとまご》いを願い出たのである。

自分が政に穴を空《あ》ければ藩政に支障《ししょう》が生じるであろう。

そうなれば、いかに平右衛門が藩に重要な人物であったかが長興にも解るに違いない……。

平右衛門にそんな想いがあったことは否《いな》めない。

が、長興は平右衛門の腹などとっくに承知……。

長興は平右衛門が息子を連れて京に行っていないと読むや、急遽、秋月より次席家老の田代半七《たしろはんしち》を江戸桜田《さくらだ》屋敷に呼び寄せたのである。

神田《かんだ》の旅籠《はたご》に身を潜《ひそ》めていた平右衛門の耳にも、すぐさまこのことは伝わった。

なんと、殿が田代ごときを秋月より呼び寄せるとは！

では、それがしはもう要らぬということか……。

平右衛門は烈火《れっか》のごとく憤《いきどお》るや、右馬丞を連れて桜田屋敷に駆けつけると、右馬丞を次の間に待たせ、長興の部屋に飛び込んだ。

長興は平右衛門の形相《ぎょうそう》に危険を感じ、思わず重代《じゅうだい》の刀兼光《かねみつ》を脇に引き寄せた。

ところが、平右衛門は長興の前で両手をつき、深々と頭《こうべ》を垂《た》れたのである。

「倅右馬丞、病治療のためお暇を頂きましたところ、幸い当地にて良医《りょうい》を見つけて治療させ申した甲斐あって、全快《ぜんかい》しました故《ゆえ》、ご挨拶《あいさつ》に参りました。お目見え仰《おお》せつけられますれば有難き次第に存じ上げまする」

「………」

長興はひと言も発せず、長い沈黙が続いた。

「右馬丞お目見え、仰せつけられませぬか？」

堪《たま》りかねて、平右衛門が再度訊《たず》ねた。

やや置いて、やっと長興が口を開いた。

「いかにも目通り許さぬ。その仔細《しさい》を話そう……。前に右馬丞を病治療のために上京させると言い立てたが、正式に届け出もしていない。勝手に神田あたりに旅《りよ》宿《しゆく》し、その詫《わ》びもない……。且《か》つ、平右衛門よく承《うけたまわ》れ。その方、近頃とかく政《せい》道《どう》に相違の節《ふし》多い。それで歴々《れきれき》の方々をもって、その方の考えを改めるよう促したところ、却《かえ》って不満に思い、こうしたあるまじき振る舞いに及ぶ……。余《よ》はまことに心外である。さりながら、これまでの忠《ちゆう》節《せつ》に免《めん》じ、本日《ほんじつ》の無礼《ぶれい》は敢えて問《と》わぬ。これからは慎《つつし》め！」

「………」

平右衛門の腸《はらわた》は煮えくり返っていた。

長政の遺言で長興に秋月五万石を分封すると言われたとき、長興は十四歳……。

あれから五年、現在《いま》でこそ長興も藩主として政務を司《つかさど》るようになったとはいえ、ここに至るまで自分がどれだけ難局を乗り越えてきたことか……。

確かに、長興は長政公が見込んだだけあって、怜悧《れいり》で、英明《えいめい》な男には違いない。

が、現在《いま》、長興にこんなことを言わせているのは、裏で糸を引く次席家老の田代半七、そして、国許にいる重臣たち……。

ああ、解った!

この堀平右衛門はもう藩に無要というのであれば、潔《いさぎよ》く身を退《ひ》こうぞ……。

平右衛門は胸の内でそう呟《つぶや》くと、きっと長興を瞠《みつ》めた。

「では、何度お願いしても、右馬丞のお目見えは仰せつけられませぬと?」

「………」

長興は黙したまま、答えようとしなかった。

これ以上、長居《ながい》をしても意味がない。

平右衛門はむんずと唇を結ぶと、一礼して座を辞した。

そうして、次の間に控える右馬丞と家臣を引き連れ、我が屋敷にも立ち寄らず姿を消してしまったのである。

つまりは、脱藩ということ……。

平右衛門脱藩の知らせは、それから暫くして秋月にも届いた。

紀伊には俄《にわか》には信じられなかった。

何ゆえ、旦那さまが脱藩など……。

平右衛門はこれまで長興のことを語るとき、まるで、我が息子の聡明《そうめい》さを自慢するかのような顔をしていたのである。

それなのに、何故……。

どこでどう間違ってしまったのであろうか……。

「それで、現在《いま》、旦那さまと右馬丞はどこに……」

紀伊は遣いに来た秋月藩の家臣に訊ねた。

「麹町《こうじまち》のさるお方の屋敷に身を潜ませておいでになりますが、奥方さまと真明さまは秋月に残るようにと仰せです」

家臣は懐《ふところ》から平右衛門の文《ふみ》を取り出した。

文には、このようなことになったが、そなたは決して動揺せぬように……。それがしと右馬丞の今後の身の振り方はまだ皆目判《かいもくわか》らぬゆえ、そなたは栗山家を頼りにし、真明を護ることだけに努《つと》めよ。また何か身の回りに変動あれば、追って知らせるゆえ、気丈《きじょう》に生きていってほしい、そなたは栗山の娘、そのことを忘れることなく、毅然としているように……、とあった。

ああ……、と紀伊は目を閉じた。

浪々《ろうろう》の身になったのであれば、それはそれで仕方がない。

だが、何ゆえ、おまえさまはわたくしと真明を連れて行っては下されぬ……。

おまえさまに嫁いだときから、何があろうとおまえさまと宿命《さだめ》を共にすると心に誓いましたのに、秋月に残れとは酷《ひど》いではありませんか……。

紀伊は家臣を帰すと自室に籠《こ》もり、平右衛門の素襖《すおう》に向けて胸の内を吐《は》き出した。

素襖は戦国武士の正装である。

徳川の時代になってからは紋付長 裃《もんつきなががみしも》を身に着けることのほうが多いが、平右衛門が紀伊と祝言を挙げたときには、この素襖を着けていた。

それ故、平右衛門が秋月藩筆頭家老になり屋敷を空けることが多くなると、紀伊は平右衛門に何か語りかけたいときには、いつもこの素襖に向けて語りかけていたのである。

が、衣桁《いこう》に架《か》けた素襖は、何も答えてくれない。

紀伊の目から涙が溢《あふ》れ出た。

「旦那さま、置き去りになさるとは酷いではありませんか……」

あとは言葉にならなかった。

が、後から後から涙が込み上げてきて、紀伊は肩を顫《ふる》わせ、畳《たたみ》に突っ伏した。

その背に、そっと手がかけられた。

「母上、わたくしがおります。わたくしが必ずや母上をお護りしましょうぞ！」

真明であった。

この年十七歳になった真明は、父親《てておや》が国許を留守にしているため、まだ元服をしていない。

「真明……」

紀伊は真明を抱き締めると、うんうんと頷《うなず》いた。

「みっともないところを見せてしまいましたね。何があろうと気丈に生きろ、との父上のお言葉……。母はもう二度と涙を見せませんぞ」

あのとき、紀伊は平右衛門の素襖の前で、そう胸に誓ったのだった。

だが、それからも屢々《しばしば》、紀伊は素襖に向けて胸の内をさらけ出すようになったのである。

案《あん》の定《じょう》、秋月藩の堀家を見る目は冷たかった。

藩主に盾突いて脱藩してしまったのであるから当然のこととといえ、国許にいた堀家の家臣は悉《ことごと》く追放、中でも、平右衛門の妹婿《いもうとむこ》で中老を務めていた入江左近《いりえさこん》は俸禄剝奪《ほうろくはくだつ》のうえ追放……。

無論、紀伊も家老屋敷から追われることとなったが、平右衛門の指示通りに栗山を頼ろうにも、ここにきて頼れなくなってしまったのである。

と言うのも、この頃、黒田藩においても、二代目忠之と筆頭家老大膳との確執《かくしつ》が後戻りできない状態となっていたのである。

二代目藩主となった忠之は、大膳をはじめとする老臣と一線を画《かく》そうとし、栗山大膳、黒田美作一成、小河内蔵允の三家老に忠誠を誓わせる起請文《きしょうもん》を書かせると、以後、彼らの諫言に一切《いっさい》耳を貸そうとはせず、放縦《ほうじゅう》を始めたのである。

そんな中、寛永二年、鳳凰丸《ほうおうまる》造船事件が起きた。

当時、幕府は諸藩の弱体化を狙《ねら》い、各藩の新軍備に目を光らせていたが、そんな折、忠之は巨大な軍艦を幕府の許可なく建造したのである。

当然のことながら、このことは幕府に知られることとなった。

慌《あわ》てたのは大膳である。

こんなことで、黒田藩がお取り潰《つぶ》しにでもなったら……。

大膳は幕府の知己《ちき》に頭を下げて廻り、決してご公儀《こうぎ》に謀反《むほん》なき造船であった、と説明し、なんとか事なきを得ることが出来たのである。

ところが、忠之の放縦ぶりはこれでは留まらなかった。

小姓《こしょう》であった倉八十太夫《くらはちじゅうだゆう》を側近《そっきん》に登用すると偏愛《へんあい》し、禄高を九千石にまで加増したばかりか、独断で家老に執り立てたのである。

これにより、十太夫の権威は藩随一《ずいいち》となり、重臣たちは忠之と十太夫のやることに口を挟めなくなってしまったのである。

すると、ますます、忠之と十太夫はやりたい放題……。

新規に足軽二百名を抱《かか》えると、一銃隊《いちじゅうたい》を編成して十太夫につけたのである。

こうなると、大膳も座視《ざし》しているわけにはいかなくなった。

軍艦建造の折にはなんとか幕府を取りなすことに成功したが、更なる軍備の増強を黙って許すはずもない。

大膳は十太夫に頭を下げ、諫言書を忠之に手渡してくれるようにと頼んだ。

ところが、十太夫はこれを握り潰したばかりか、逆に、大膳のことを忠之に讒言《ざんげん》してしまったのである。

このことで、忠之と大膳との間に修復できない亀裂《きれつ》が生じ、大膳は職を退《しりぞ》くと左右良城に引き籠もった。

なんとか藩を取り潰すことなく、急場を乗り切らなければ……。

日々、大膳は左右良城でそのことばかり考えていたのである。

平右衛門の脱藩は、そんなときに起きたのだった。

紀伊にも、現在《いま》、弟大膳を取り巻く状況が手に取るように伝わってきた。

こんなときだというのに、秋月藩のごたごたで大膳を悩ませてはならない。

しかも、現在《いま》は剃髪《ていはつ》して名を一葉斎卜庵《いちようさいぼくあん》と替えた父利安も、このところ老いが進み、ままならない状態だという。

ああ、やはり、栗山を頼るわけにはいかないのだ……。

とは言え、家老屋敷を追われた紀伊と真明には身の置き所がない。

そんなとき、手を差し伸べてくれたのが、黒田美作一成に嫁いだ長姉美穂であった。

美穂が一成に内緒で、三奈木近郊の百姓家に匿《かくま》ってくれたのである。

「ここでは不足と思うが、どうか辛抱《しんぼう》しておくれでないか……。何しろ、堀家は秋月藩ばかりか黒田藩の者にも謀反人と思われている……。しかも、わたくしの立場を考えて下さいな。利章（大膳）が殿さまに盾突き左右良城に籠もったばかりに、一成は苦しい立場に追い込まれたのですからね。元々利章も一成も黒田家の家老……。利章が殿さまの傍から離れたとあっては、尚《なお》のこと、一成が殿さまをお護りしなければならなくなったのですからね。けれども、利章は一成の義理の弟……。利章がこの先どうしようと思っているのか……。それを思うと、わたくしは空恐《そらおそ》ろしい気がします。それに、おまえは長興さまに反逆した平右衛門どのの妻女……。わたくしが妹のおまえを匿っていることが世に知られると、一成は苦しい立場に追い込まれます……。とは言え、おまえはわたくしの妹です。窮《きゅう》地《ち》に立たされているというのに、見て見ぬ振りは出来ません。いいですか？　匿ってくれる百姓には充分な金子《きんす》を与え、おまえが平右衛門どのの内儀《ないぎ》ということを口外《こうがい》しないように約束させていますので、あまり目立った行いをしないで下さいね。大丈夫ですよ、わたくしが時々訪ねて来ますので……。おまえたち二人が食うに事欠《ことか》くようなことは決してしませんので、大船に乗った気持でいて下さいな……」

「申し訳ありません。それで、父上の容態《ようだい》は……」

紀伊がそう言うと、美穂はつと眉根を寄せた。

「それが、あまりよくないのですよ。父上も御年《おんとし》八十近く……。歳には不足がないといっても、息災《そくさい》でおられた頃のあの凛々《りり》しい姿を思うと、遣《や》り切れない想いがします」

「お見舞いに上がりたいのですが、それも叶わないのですね」

紀伊は気遣《きづか》わしそうに美穂を見た。

「ええ、可哀相《かわいそう》だが、辛抱しておくれ。父上と利章にはおまえたち二人が息災でいることを伝えておきますので……。それがね、平右衛門どのの行状《ぎようじよう》に父上が大層立腹されましてね……。理由はなんであれ、主君に盾突くような男は武士の風上《かざかみ》にも置けない！　あいつは強情で無骨者だとは思うておったが、主君への忠誠だけは誰よりも強いと見込んでいたのに、あのようなことをするとは！　あんな男と解っていたら、可愛い娘を嫁にやらなかったのに、紀伊が不憫《ふびん》で堪らない、とはらはら涙を流されましてね……。父上には、こんなことになるのなら、もっと早く離縁させておくのだったとの想いがおありで……。そうすれば、平右衛門どのが何をしようと栗山には関わりなしで徹《とお》せるものを、今となっては、おまえまでが世間の誹謗《ひぼう》に耐《た》えなければならなくなったのですからね。それで、父上がわたくしに耳打ちされたのですよ。現在《いま》、紀伊を支えてやれるのはおまえしかいない、父に代わってあの娘《こ》を護ってやってくれないかと……」

「まあ、父上がそんなことを……」

紀伊の目から弾《はじ》けたように涙が零《こぼ》れた。

「父上は平右衛門どのにはお怒りですが、おまえと真明のことは心配でならないのでしょうよ。けれども、利章はまた違った考えのようでしてね……」

「違うとは……」

「恐らく、忠之さまと自分の立場を、長興さまと平右衛門どのの立場に重ね合わせているのでしょうよ。父上やわたくしが平右衛門どのを責めると、平右衛門どのには平右衛門どのの考えがおありなのだろう、その心は決して他人《ひと》には計《はか》り知れないと……。利章と平右衛門どのではまるきり状況が違うというのに、おかしなことを言うものですよ……。正《まさ》な話、わたくしは利章が何をしようとしているのか解らず、どうしても危惧《きぐ》の念が払えなくて……。暫く駄々《だだ》を捏《こ》ねているだけで、再び、出仕してくれるようにと願ってやみませんのよ」

美穂はそう言い、身の回りの細々したものや食糧を置いて、黒田城下へと戻って行った。

それから三年後（一六三一）の八月、父利安が息を引き取った。

享年《きょうねん》八十一……。

戦国の世を駆け抜けてきた男の、大往生《だいおうじょう》といってもよいだろう。

当然のことながら、紀伊は通夜《つや》にも野辺送《のべおく》りにも参列できなかった。

そして、翌年の寛永九年（一六三二）、大膳と平右衛門にも大きな動きがみられたのである。

その年の正月二十四日、前将軍秀忠《ひでただ》が亡くなり、葬儀に参列していた忠之が三月十一日久方ぶりに国入りしたのである。

家老をはじめ藩の重臣は、悉く箱崎《はこざき》まで出迎えた。

ところが、大膳は病床《びょうしょう》にいると嘘を吐き、姿を見せなかったのである。

忠之が業腹《ごうはら》だったのは言うまでもない。

だが、忠之はぐっと胸を押さえ、再三、大膳に出仕を促した。

ところが、大膳は、今少し快気《かいき》するまでご猶予《ゆうよ》を、と取り合おうとしない。

ここに至って、二人の仲は険悪の極《きわ》みに達し、井上道栢《いのうえどうはく》、小河内蔵允の取りなしでなんとか激突を避《さ》け、大膳は妻女久和《くわ》と次男吉次郎宗乙《むねいつ》、二人の娘を黒田側に人質として差し出した。

久和は如水《じょすい》（黒田官兵衛《かんべえ》）の弟、黒田兵庫助《ひょうごのすけ》の娘である。
つまり、長政の従妹《いとこ》であり、忠之とは従妹違い……。
そのことから考えると、久和たちが兄黒田伯耆利成《ほうきとしなり》の許に預けられたというこ
とは、人質というより里帰りと思ってもよいだろう。
つまり、大膳はこれから起きようとする忠之との大戦《おおいくさ》を前にして、女房、子
を実家《さと》に帰らせてしまったのである。
そのことを姉の美穂から聞いた紀伊は、あまりにも久和と自分との違いに、平
右衛門を恨《うら》めしく思った。
もしも、平右衛門が脱藩を決める前に自分と真明を栗山に戻してくれていたな
らば、父利安の死に目に逢《あ》えないということはなかったであろうに……。
だが待てよ……。
仮に、脱藩の前に旦那さまから真明を連れて実家《さと》に戻れと言われたとして、果
たして、自分は素直に従ったであろうか……。
理由《わけ》も解らないままでは、たとえ旦那さまの命であっても、自分はとても素直
に従うことは出来ない。
久和さまの場合は、実質はどうあれ、名目《めいもく》は人質として差し出されたのである

から、やはり、自分と比べるわけにはいかないだろう。

そんなふうに、紀伊は心に折り合いをつけたのだった。

紀伊に大膳が何ゆえ女房、子を人質に差し出したのか解ったのは、それから二《ふた》廻《まわ》り（二週間）後のことだった。

大膳が豊後府内《ぶんごふない》城主竹中采女正重次《たけなかうねめのしょうしげつぐ》に、藩主に反逆《はんぎゃく》の企《くわだ》てあり、と訴状《そじょう》を提出したのである。

どうやら大膳は左右良城に籠もり黒田藩存亡の策をあれこれと考えていたようで、それには自らが犠牲になるより他に方法がないという結論に至ったと思える。

家臣が主君を訴《うった》え出るということは、自らが主君に対する反逆の罪に問われることは解っていた。

が、身を挺《てい》してでも、藩の窮状《きゅうじょう》を救わなければならない……。

大膳にしてみれば大きな賭《かけ》であったが、勝算はあった。

大膳の脳裡を、長政から託された家康の感状がゆるりと過《よ》ぎっていったのである。

現在《いま》こそ、あの感状がものを言うとき……。

た。

思惑《おもわく》通り、大膳が幕府に訴状を出したことで、家中は上を下への大騒動となった。

一方、平右衛門のほうはといえば、桜田屋敷から出奔《しゅっぽん》し、麴町のさる屋敷に潜伏していたが、戦場における数々の名声が各藩に広まっていたせいか、平右衛門の秋月藩離脱の報を聞くや、江戸在府の大名から是非《ぜひ》にも我が藩にと次々に申し出が……。

中でも平右衛門に最も執《もっと》着《しゅうちゃく》したのは、小田原《おだわら》藩主稲葉《いなば》丹後守正勝《たんごのかみまさかつ》であった。

正勝は稲葉正成《まさなり》と将軍家光の乳母《うば》春日局《かすがのつぼね》との間に生まれ、当時、三十六歳……。

聞くところによると、春日局が平右衛門を召し抱えるようにと薦《すす》めたという。

このとき平右衛門は七十六歳という高齢で、言ってみれば、孫といってもよい歳であった。

正勝は下野《しもつけ》国真岡《もおか》から増封栄転《ぞうふうえいてん》したばかりのときだったので、英傑《えいけつ》と評される平右衛門をなんとしてでも小田原に迎えたいと思い、春日局の進言を受け入れたのであろう。

早速《さっそく》、正勝は黒田長興に平右衛門を浪人分として召し抱えたいと申し出た。

長興にしてみれば青天《せいてん》の霹靂《へきれき》である。

脱藩した平右衛門が辛酸《しんさん》を嘗《な》めるというのであれば溜飲《りゅういん》が下がるが、他藩から招聘《しょうへい》がかかるとは……。

とは言え、正勝の背後には、今や、飛ぶ鳥を落とすほど権勢《けんせい》を誇る春日局が控えていた。

長興は腹ふくるる想いで、浪人分でお使いになるのなら……、と答えたという。

ところが、正勝は表向きは無役《むやく》の臣《しん》としながらも、平右衛門を小田原藩に迎え入れると、早速、藩の重要な固めとして箱根御関所《はこねおせきしょ》の総番頭《そうばんがしら》を命じたのである。

つまり、平右衛門を正式に稲葉家臣とし、三千石を与えたのである。

紀伊は平右衛門が小田原藩に仕《つか》えることになったことを、黒田一成に嫁いだ姉美穂から聞かされることになった。

「平右衛門どのから文がきましたか？」

美穂にそう訊ねられ、紀伊は、いえ……、と答えた。

「そうですか……。平右衛門どのには現在《いま》のおまえの居場所が判らないといっても、せめて、わたくしに文を託して下さればよいのに……。いえね、わたくしも在府の家臣からの文で、平右衛門どのが小田原藩に召し抱えられ、箱根御関所の総番頭におなりになったことを知ったのですよ。なんでも、秋月の殿さまは随分《ずいぶん》とお怒りのようで……。浪人分で召し抱えるのであれば構わないと言っておいたのに、三千石も与え重臣扱いをするとはとおっしゃり、それはもう大層なご立腹とか……」

三千石と聞き、紀伊は目を瞠った。

三千石といえば家老格である。

平右衛門は黒田長政が筑前《ちくぜん》に入封したときには二千六百石を拝領し、秋月藩では筆頭家老として五千石を拝領していたが、他の家老は三千石程度……。

「ご立腹なのは長興さまだけではありませんよ。現在《いま》江戸におられる忠之さまも激怒されたとか……。無論、殿さまと行動を共にしている一成も……。忠之さまは長興さまと甘《うま》くいっていないといっても、そこは血を分けた兄弟ですからね。弟が面皮《めんぴ》を欠くことは兄、いえ、黒田家全体が恥をかくこと……。けれども、忠之さまや一成は現在《いま》それどころではありませんからね。利章がしでかしたことで、今や、黒田藩は騒動の真《ま》っ只中《ただなか》……。小田原藩憎《にく》しといえども、一旦、長興さまが平右衛門どのを譲《ゆず》ると了解したからには、今さら、約束が違うと騒いだところで致《いた》し方ありませんもの……」

美穂は蕗味噌《ふきみそ》を嘗めたような（苦々しい）顔をした。

ああ……、と紀伊は胸が締めつけられるような想いに陥った。

旦那さまはどこまで皆の心を疵《きず》つければ気が済むのだろう……。

「それで、どうするつもりなのですか？」

美穂の唐突《とうとつ》な問いに、えっと、紀伊は目を瞬《しばた》いた。

「どうするとは……」

「だから、おまえの身の振り方ですよ！　平右衛門どのが稲葉の家臣になられたのですもの、当然、おまえと真明も小田原に赴《おもむ》くのでしょう？」

あっと、紀伊は息を呑《の》んだ。

当然、そうなってもよいはずである。

だが、平右衛門からは何も言ってきていない。

思えば、平右衛門から文が届いたのは、脱藩した直後家臣に託《ことづ》けた一通だけ……。

このようなことになったが、そなたは決して動揺せぬように……。それがしと右馬丞の今後の身の振り方はまだ皆目判らぬゆえ、そなたは栗山家を頼りにし、真明を護ることだけに努めよ。また何か身の回りに変動あれば、追って知らせるゆえ、気丈に生きていってほしい、そなたは栗山の娘、そのことを忘れることなく、毅然としているように……。

文にはそうあったのである。

旦那さま、それ故、わたくしは世間の目から逃れながらも毅然と生きてきたのではないですか……。

それなのに、何ゆえ何も言ってこないのです！

また何か身の回りに変動あれば、追って知らせるゆえ……。

稲葉家にお仕えすることになったということは、これはもう、立派に身の回りの変動ではないですか！

紀伊の顔色を見て、美穂は仕こなし顔に頷いた。

「そうですよね？　平右衛門どのが何も知らせてこないのに、紀伊が勝手に動くわけにはいきませんもの……。それに、そのうち何か知らせてくるかもしれませんん。それから、どうすればよいかを考えることです。いえ、わたくしも一成もこのまま紀伊を匿うことに吝《やぶさ》かではないのですよ。一成も、平右衛門どの憎しといえども紀伊どのや真明に罪《つみ》はないのだから、せめて、身内のおまえが親身になって二人を支えてやるように、とそう言ってくれましたの……。ですから、大船に乗った気持でいて下さいな」

美穂はそう言うと、お持たせの草餅《くさもち》を紀伊の前に差し出した。

「姉上がいて下さり、心強いことこのうえありません。いつも有難うございます」

「この草餅は婆《ばあ》やのお夏《なつ》が作りましたのよ。ほら、わたくしが嫁ぐ際、栗山から連れて行った……、おまえも憶《おぼ》えているでしょう？　なんなら、お夏をここに寄《よ》越《こ》してもよいのですよ。あの者なら気心も知れているし、女手《おんなで》があるとおまえも助かるでしょう？　まあ、手がこんなにささくれだって……。箸《はし》より重いものを持ったことのないおまえが、こんな身の有りつきをしなければならないなんて……」

美穂が紀伊の手を握り、涙ぐむ。

紀伊は慌てて手を引っ込めた。

「いえ、いいのですよ。人目《ひとめ》を忍ぶ暮らしなのですもの、これが現在《いま》のわたくしに相応しい手なのですよ。それに、お夏に来てもらっても、充分なことをしてやれませんので……」

「そうですか……。おまえがそれでよいと言うのであれば、これ以上の差出《さしで》をするつもりはありませんが……。けれども、もう一つだけ差出をさせて下さいませんこと?」

美穂が紀伊に視線を定める。

えっと、紀伊は目をまじくじさせた。

「一体、どういったことで……」

「怖がることはありませんよ。実は、真明のことなのですよ」

「真明の……」

紀伊の胸がきやりと揺《ゆ》れた。

「真明は幾《いく》つになりました?」

美穂が紀伊の目を瞠めて訊ねる。

「二十一ですが……」

「二十一……。その歳になって、まだ元服していないなんて……。平右衛門どのが国許を留守がちで、しかも、あんなことがあったのですもの、仕方がないといえば仕方がないのですが、平右衛門どのからの指示を待っていても、この先、真明のことで何か言ってくるかどうか判りませんことよ……。紀伊、この際だからはっきり言わせてもらいます。わたくしが思うには、平右衛門どのの頭の中には、真明はいないのも同然……。殿さまに伴い平右衛門どのが江戸に上られたときも、右馬丞だけお連れになって、真明は秋月に残された……。確かに、右馬丞は嫡男ですよ。平右衛門どのと行動を共にしても決しておかしくはありません。けれども、父親《てておや》ならば、国許に残した次男のことも考えるべきではありませんか？　ご自分の手で真明に元服をさせてやれないのであれば、誰かに頼むとか……。いくらご自分が脱藩した身で、黒田や秋月には頼れる者がいないといっても、わたくしは紀伊の姉です……。ならば、詫び状を添《そ》えてでも、一成になんとか烏帽子親《えぼしおや》になってくれと頼んできてもよいではないですか！　そのことから考えても、平右衛門どのの頭の中には、真明のことなど寸毫《すんごう》もない……」

「姉上！」

紀伊が悲痛の声を上げる。

「酷《むご》いことを言っているとお思いなのですね？　では、酷いついでに言わせてもらいますが、可哀相だが、紀伊、平右衛門どのはおまえのことも微塵芥子《みじんけし》ほども考えておられませんことよ！」

「………」

紀伊の顔からさっと色が失《う》せる。

「此度《こたび》、小田原藩のお抱えになったことを知らせてこないのが、その証《あか》しです。本来ならば、何はさておき、これまで辛《つら》い想いをさせて済まなかった、此度、稲葉家に出仕することになったので安堵するように、住まいの仕度を調《ととの》えた暁《あかつき》には、そなたと真明を呼び寄せるので待っていてほしい……、と女房のおまえに知らせてくるべきでしょうが！　それなのに、おまえはわたくしが教えてやるまで何ひとつ知らなかったのですからね」

「………」

そんなふうに言われると、紀伊には返す言葉がなかった。

まったく、その通りなのである。

「それでね、一成とも話し合ったのですが、平右衛門どのを当てにするのは止めて、この際、真明を寺に預けてはどうでしょう」

「寺に預けるとは……」

「得度《とくど》させるのですよ」

「つまり、仏門に入れということ……」

「ええ、そうです。平右衛門どのは真明のことなど眼中《がんちゅう》にない……。となれば、この地においては、真明には武士として生きていく術がありませんからね。ここにいる限り、真明は反逆者の息子……。誰があの子を執り立ててくれましょうか。ですから、仏《ほとけ》に仕えさせるのですよ。武家の子弟が仏門に入ることはよくあることですからね」

「けれども、寺に預けるといっても、心当たりが……」

紀伊が心許《こころもと》ない声を出すと、美穂はふっと頰に笑《え》みを浮かべた。

「それが、あるのですよ！　一成が見つけてきたのですがね、玖《く》珠《す》郡戸畑《とばた》の地に地蔵院導伝寺《じぞういんどうでんじ》という浄土宗《じょうどしゅう》の寺がありましてね。どの宗派であれ、修行というものは厳しいものです。ですが、わたくしは真明にはそれもまたよいのではないかと思っています。ねっ、どう思います？」

美穂が紀伊の腹を確かめるかのように睨《ね》めつける。

いきなりのことで、紀伊にはなんと答えてよいのか判らなかった。

「旦那さまに訊ねてみませんと……。それに、肝心《かんじん》の真明がなんと言うか……」

「真明の気持を確かめるのは当然のことです。ですが、平右衛門どのには……。今さら、あの男《ひと》の気持を確かめてどうしようというのですか？　恐らく、文を出したところで返事も寄越さないでしょうよ！　いいですか、紀伊、おまえたちは平右衛門どのに捨てられたのですよ。いい加減《かげん》に、目を醒《さ》ましたらどうです！」

捨てられたという言葉に、紀伊は唇まで真《ま》っ青《さお》にして、わなわなと顫えた。

「嘘です！　そんなことはありません。旦那さまにはわたくしたちのことを気遣う心の余裕《ゆとり》がなかっただけなのですよ。けれども、小田原藩のお抱えになられたのですもの、これからは違います！　待っていれば、必ずや……」

と、そのとき、障子《しょうじ》がさっと開いて、真明が部屋の中に飛び込んで来た。

「母上！」

「真明、おまえ……」

「申し訳ありません。悪いと思いながらも、盗み聞きをしてしまいました」

真明はそう言うと、美穂の前で手をつき、深々と頭を下げた。

「伯母上《おばうえ》、よくお越し下さいました」

「そなた、どのあたりから聞いていました？」

「申し訳ありません、父上が小田原藩稲葉正勝さまに執り立てられ、御関所総番頭になられたというところから聞いていました」

「おや、ほぼ最初《はじめ》から聞いていたということではないですか……。では、話は早い。それで、そなたは出家することをどう思います？」

美穂が真明に視線を定める。

「良い話だと思います。実は、わたくしも以前より考えていました。父上はわたくしのことがお嫌《きら》いなのではなかろうかと……。そう思ったのは、幼い頃より兄上に比べてわたくしは脆弱《ぜいじやく》で、武術のほうはからきし駄目でした……。父上がこんなわたくしより兄上を贔屓《ひいき》に思っておられるのは解っていました。ですからあのとき、父上が兄上だけを伴い江戸に出られても、わたくしはそれを当然のように受け止めました。ですが、まさか、あんなことになろうとは……。それからというもの、崖《がけ》っぷちに立たされた父上の傍にいる兄上のことが思い遣られてなりませんでした。わたくしにはあのように気性《きしよう》の激しい父上の傍にはいられません。先ほど、伯母上は母上とわたくしが父上に捨てられたとおっしゃいましたが、その言葉を聞き、目から鱗《うろこ》が落ちたような気がしました……。久しく胸で燻《くすぶ》っていたもやもやが、すっと消えたように思いました。やはり、そうだったのですよ！　ですから、わたくしはきっぱりと武家の身分を捨てます……。この地ではわたくしに生きていく術がないとお言いなら、喜んで仏門に入りましょうぞ！」

「真明、おまえ……」

紀伊が真明の目を瞠める。

「母上、許して下さいませ！　以前、これからは母上のことはわたくしが護ってみせると誓いましたのに、それが出来なくなりました……。そのことだけが心残りです」

「案じるでない！　母上のことはこのわたくしが護りましょうぞ。そなたは仏さまに母が健《すこ》やかにいられるようにと願うのです」

美穂がそう言い、紀伊に目をくれる。

「紀伊、どうです？　おまえの知らないところで、真明はこのように成長していたのですよ。おまえも真明の前途《ぜんと》を祈ってやることですね！」

紀伊はそれでもまだ不安そうに眉根を寄せた。

「解っています、解って……。けれども、真明までがわたくしの傍を離れていくのかと思うと……。旦那さまが右馬丞をお連れになって、あの子にも逢えないというのに真明まで……」

「何を戯《たわ》けたことを！　これが戦国の世なれば、武家の女ごは常に戦地に亭主や子を送り出さなければならなかったのですからね……。二度と逢えなくなるかもしれないと解っていて、それでも、ご武運をお祈りします、と言って送り出していたことを思うと、これしきのこと！」

美穂が叱咤《しった》する。

「母上、わたくしは死にに行くわけではないのです。ただ、仏門に入れば、これまでのように母上にお逢いすることが出来なくなるでしょう。けれども、どこにいようと、わたくしが母上のことを思っていることを知っておいて下さいませ」

真明が紀伊の手を握り、その目をじっと瞠める。

紀伊の目に涙が盛り上がった。

「いいのですよ、お泣きなさい……。わたくしたちは、武家の女ごたる者、人前で涙を見せてはならない、と教えられてきましたが、泣きたいときには泣いてもよい……。泣いて、胸に溜《た》まった煩悶《はんもん》のすべてを吐き出してしまうのですよ」

美穂が紀伊の肩にそっと手をかける。

その刹那《せつな》、紀伊の頰をどっと涙が伝った。

年が明け、寛永十年（一六三三）になってからも、平右衛門からは梨《なし》の礫《つぶて》……。

そして、大膳のほうはといえば、先年六月に竹中采女正に訴状を出してから以降、八月になって幕府より忠之に上府《じょうふ》の命が下され、続いて年明け早々、大膳が竹中に連れられて上府したのであるが、現在《いま》は江戸にて詮議《せんぎ》の真っ最中……。

寛永十年三月五日、大膳は老中筆頭土井大炊頭利勝《どいおおいのかみとしかつ》の屋敷で取り調べを受けることとなった。

この日、大膳には終始《しゅうし》不利な証言が続き、幕府方の目には大膳が虚偽《きょぎ》の申し立てをしたかのように思われた。

が、これこそ、大膳の狙いだったのである。

幕府が忠之に反逆の企てがなかったと知れば、まかり間違ってもお家取り潰しということにはならないであろう。

大膳は諸老中を前に、

「御老中のご威光《いこう》によるご意見を頂く以外には、主人《あるじ》忠之をして神君《しんくん》家康公のご厚志《こうし》を守り徹す方法見当たらず、公訴《こうそ》の手段を取りました。家康公のご遺志を踏みにじってはなりません……」

と、暗《あん》に感状があることを匂《にお》わせたのである。

そうして数日後、井伊《いい》掃部頭《かもんのかみ》直孝《なおたか》の屋敷に呼ばれたときには、竹中采女正から、

「この度の一件、其《そ》の方申し立て箇条書《かじょうがき》の趣《おもむき》、公儀においてもさもあらんとの沙汰《さた》に及びながら、しかし、右衛門佐謀反の一件はまったくの虚言《きょげん》と相《あい》決せられた。何とて主人《あるじ》にかようの反逆をしかけ公儀へ訴えたかを申し上げい！」

と糾問《きゅうもん》されると、大膳は襟《えり》を正し、こう言った。

「これまで申し立て箇条につきましては、ご理解を賜り誠《まこと》に有難うございます。五十余箇条では、いずれも右衛門佐へ諫《いさめ》をいたしましたが、一箇条として聞き入れていただけません。しかし同輩の家老らは何を考えたか、何一つ諫争《かんそう》致しません。独善的となりました右衛門佐は、終《つい》にそれがしを殺害せんと至らされた。それがし一命《いちめい》を差し出し、死することは何ら恐れることではないが、主人《あるじ》の国において成敗《せいばい》となれば、右衛門佐は取り調べをも受けずに領地を召し上げられ、如水、長政公多年の忠節、厳功《げんこう》によって拝領した報国《ほうこく》は、一家滅亡、多くの家来は

いうものでありまする。かようになれば、それがし全《まった》く犬死《いぬじ》にと存じまする。（右衛門佐の訴えをお上《かみ》に申し出たこと）、恐れながら主人《あるじ》の家、国を救わんがための武略《ぶりゃく》でございまする。この上は私儀《しぎ》御成敗仰せつけられますれば本望《ほんもう》に存じまする」

大膳のこの言葉は、その場にいた全員を唸《うな》らせた。

そうして、三月十五日、幕府より裁可《さいか》が下されることになったのである。

幕府の評定《ひょうじょう》は「治世不行届《ちせいふゆきとどき》につき、筑前の領地召し上げ。但《ただ》し、父君長政の忠勤戦功《ちゅうきんせんこう》に対し、特別に旧領をそのまま与える」というもので、また大膳への裁可は「大膳は主君を直訴《じきそ》した罪で、奥州盛岡《おうしゅうもりおか》に配流《はいる》。百五十人扶持《ぶち》を生涯与える」というものであった。

大膳は井伊の屋敷でこの裁可を聞くと、目に涙を浮かべ礼を述べた。

一旦取り上げられた領地が、先祖の軍功《ぐんこう》に鑑《かんが》みて、改めて拝領できるとは……。

これこそ、大膳が願っていたことなのである。

しかも、切腹を覚悟のうえだったというのに、盛岡藩の御預人《おあずけにん》で済むとは……。

そうして大膳は寛永十年三月十六日、嫡男大吉利周《だいきちとしちか》、仙石角右衛門《せんごくかくえもん》、財津大《ざいつおお》右衛門《えもん》をはじめ数十名の家臣と共に、盛岡に旅立っていったのである。

大膳が盛岡藩にお預けになったとの報は、すぐさま国許に知らされた。

「利章が何ゆえ殿さまに弓を引くようなことをしたのか解って、わたくしはどこかしら眉を開きましたよ」

その日、紀伊を訪ねて来た美穂は、久々に爽《さわ》やかな笑顔を見せた。

「これで、姉上も肩身《かたみ》の狭《せま》い思いをしなくて済みますね」

紀伊がそう言うと、美穂はうーんと暫《しば》し考え込んだ。

「ところが、忠之さまに近しい者の中には、利章が黒田家を救うためにあのような芝居を打ったと思わない者もいるようでしてね……。相も変わらず、黒田家の恥をさらした、と利章のことを悪く言っているようなのですよ」

まあ……、と紀伊が訝しそうな顔をする。

「何ゆえ、そんなことを……。利章が敢えて火中《かちゆう》の栗を拾ったからこそ、忠之さまに罪が及ばず、黒田藩が改易《かいえき》を免《まぬか》れたのではないですか……。あのままでは、忠之さまは放縦の限りを尽くされ、やがて、幕府が介入《かいにゆう》してくるのは目に見えていたのですよ。利章は先代（長政）から忠之さまの手綱《たづな》を締めるお役目を仰せつかっていたからこそ、あのような手段に出たのではないですか！」

「その点については、一成も忸怩《じくじ》たる想いのようでしてね……。本来ならば、自分や小河どのも殿の放縦に目を瞑《つぶ》っていてはならなかったのに、罷免《ひめん》されるのを懼《おそ》れ、大膳どのだけに責めを負《お》わせてしまった、評定の場でも、立場上、殿さまを庇《かば》うことだけに終始してしまったことを悔《く》いている、今思えば、大膳どのがあでもしないと殿さまの気随《きずい》は続いたであろうし、そうなれば、藩お取り潰しは免れなかっただろうと……。一成には解っているのですよ。利章が黒田藩を救った立役者だと……」

「けれども、そうは思ってくれない者がいるということなのですね？」

「まあね……。けれども、そのような者は、端から利章を目の上の瘤《こぶ》と思っていたのでしょうよ……。だから、気にしないことに致しました。それに、聞くところによりますと、盛岡藩は利章のことを手厚く扱って下さっているとか……。それを聞いて、黒田利成さまの屋敷に身を寄せておられる久和さまが心《しん》から安堵されたそうですよ」

「姉上は久和さまにお逢いになったのですか？」

「ええ。なんと言っても、義理の妹ですからね。利章と離れ離れにされて、お寂《さみ》しいのではないかと思いまして……」

「宗乙さまもご息災で？」

「ええ、娘御二人も息災でしたよ。ただ……」

「ただ？」

紀伊が首を傾げる。

「久和さまとしては、娘二人は仕方がないにしても、宗乙は男子ですからね。利周同様に利章の傍に置いてやりたいのではないかと……」

「そのようなことが可能なのですか？」

「今すぐとはいかないかもしれませんが、いずれ、利章が盛岡の地に慣《な》れれば、もしかすると、願いが叶うかもしれません。あっ、そうそう、平右衛門どののことで判ったことがありますのよ！」

紀伊の胸がきやりと音を立てる。

「それは……」

「安心なさい。悪しきことではないのですから……。それがね、いかにも平右衛門どのらしきことなのですが、秋月藩を脱藩した後、藩の貯蓄金の目録を長興公宛《あて》に託《ことづ》けてきたそうなのですよ」

「と言いますと？」

「いえね、平右衛門どのは筆頭家老として、不慮《ふりよ》の場合に備《そな》えた蓄財の管理を委せられていたのですよ。その額は五千両を下らないそうで、御公儀用銀《ごこうぎようぎん》百五十貫目、御慶事用銀《ごけいじようぎん》百五十貫目、長政公より譲渡金《じようときん》千枚……、と縷々《るる》書き綴《つづ》って、その在処《ありか》まで記《しる》して藩邸に出入りの商人《あきんど》に託けてきたとか……。恐らく、平右衛門どのは私利私欲《しりしよく》に駆られて脱藩したのではないと長興公に伝えたかったのでしょうよ」

「…………」

紀伊にも平右衛門が物欲《ぶつよく》のない男と解っていたが、長興公に目録を送ったと聞き、カッと胸が熱くなるのを感じた。

「でも、そうなると改めて疑問に思うのですが、何ゆえ、平右衛門どのは秋月藩を捨てられたのだろうか……」

美穂は首を傾げた。

何故、平右衛門が脱藩をしたのかは、紀伊こそが訊《き》きたいこと……。

ああ……、と紀伊は目を閉じた。

平右衛門は長興が成長するにつれ自分を煙《けむ》たがるようになり、それに伴い、家臣までが疫病神《やくびょうがみ》でも見るような目で見るようになったことが面白《おもしろ》くなかったのであろう。

平右衛門は高齢である。

爺《じじい》がいつまでものさばっていないで、引っ込んでな……。

皆の心の中にそんな想いがあったとしたら、平右衛門にしてみれば、それほど許せないものはない。

なんと言っても、平右衛門は戦国の世を駆け抜けてきた猛者《もさ》である。

黒田長政に心酔《しんすい》し、手柄《てがら》を立てることだけに邁進《まいしん》してきた一兵卒が、やがて戦功を認められるようになるや、あれよあれよという間に立身《りっしん》していったのであるから、周囲《まわり》の者に崇《あが》められていると思い込んだとしても不思議はないだろう。

殊《こと》に、長興が実質的に秋月藩主になるに当たっては、平右衛門の尽力《じんりょく》なくしてはありえなかったことである。

自分がいなければ……。

その想いが平右衛門を慢心《まんしん》させ、やがて、孤立《こりつ》させていったのではなかろうか……。

だから、長興に疎略に扱われたことが許せなく、己《おのれ》はもう秋月藩には不要の人物と思い、脱藩という思い切った行為に出てしまったに違いない。

何もかもが、平右衛門の無骨で直情径行型な性質の為《な》せる業《わざ》……。

そう思えば、大膳が藩存続のために一命を抛《なげう》ち、敢えて、幕府に提訴《ていそ》したのと、平右衛門の脱藩には相違がある。

が、平右衛門が黒田藩、延《ひ》いては、秋月藩一筋に生きてきたことだけは否定できないだろう。

とは言え、誰もそこまで平右衛門の心を読もうとはしない。

せめて、女房のわたくしだけでも解ろうとしてあげなくては……。

紀伊は美穂に目をやると、

「あの方は金銭に潔癖《けっぺき》でしたから……」

と言った。

「ええ、解っていますよ。ところで、平右衛門どのが小田原に入られて一年になりますが、今頃どうなされているのでしょうね。その後、何か言ってきましたか？」

美穂が紀伊の顔を覗き込む。

「いえ……。真明の出家を文にて知らせましたが、何も言ってきませんの。わたくしが姉上の世話でここに潜んでいると知らせましたので、居場所が判らないはずはないのですけど……」

「小田原城宛に出したのですか?」

「箱根の御関所宛にしましたの。そこなら、旦那さまの手に渡らないことはないと思って……」

「それなのに、何も言ってこないとは……。ほら、ごらんなさい! 平右衛門どのはおまえのことなど、もうどうでもよいのですよ。まさか、まだ平右衛門どのが小田原に来いと言ってくれるのを待っているのではないでしょうね?」

「………」

紀伊は慌てて目を逸《そ》らした。

「駄目ですよ! もう諦めてしまいなさい。ああ、父上さえ生きていて下さったら、この際、離縁させる手もあったのに……。栗山の当主であるべき大膳は盛岡に配流となり、もう二度と、この地に戻って来ることはない……。これではまるで生殺《なまごろ》しにあったのも同然! つくづく、おまえが不憫で堪りません」

「姉上、もうそれ以上言わないで下さいませ! わたくしはなんとも思っていないのですから……」

紀伊はそう言ったが、決して強がりではなかった。正な話、以前のように置き去りにされたことを悔《くや》しいとも思わないのである。むしろ、慣れない地に赴くより、子供の頃から慣れ親《した》しんだ筑後の山々を見て暮らすほうがよい。姉二人と駆け巡《めぐ》った山野や川、そして何より、紀伊はここの大気を美味《おい》しいと思うのだった。

紀伊はこの年四十四歳……。

もう、どこにも移りたくはない。

紀伊は美穂の目を見て、ふっと微笑《ほほえ》んだ。

その面差《おもざ》しに、美穂も紀伊が強がりを言っているのではないと思ったようで、ふうと安堵したように肩息《かたいき》を吐《つ》いた。

その日、美穂はいつになく剣呑《けんのん》な顔をして百姓家に入って来ると、土間にいた喜助に、水をおくれ！　と命じ、囲炉裏《いろり》の傍にいた紀伊に向かって、大仰《おおぎょう》に太息を吐いてみせた。

「姉上、どうかなさいまして?」

「どうもこうもないのですよ。まあ、聞いて下さいな!」

美穂はそう言うと、ずかずかと囲炉裏の傍まで寄って来ると、唇をへの字に曲げた。

「たった今、久和さまに逢ってきたのですがね。利章ったら、盛岡で身の回りの世話をしていた婢を嫁に直したというのですよ」

美穂は胸に手を当て、ふうと息を吐くと、喜助の差し出した湯呑《ゆのみ》の水をぐいと空けた。

「嫁に直したとは……。側女《そばめ》というのではなく、正妻として迎えたというのですか！　まさか……。利章には久和さまという歴《れつき》とした妻女がいるのですよ？　久和さまは人質として黒田家に預けられていただけで、離縁したわけでは……」

紀伊が戸惑ったような顔をする。

「でしょう？　ところが、利章の文には、それがしはもう二度と福岡に戻ることはない、よって、藩に造反した栗山の名をその地に残すことは出来ない、そのため、久和や宗乙、二人の娘を黒田に戻した、とは言え、宗乙は男子ゆえ、今後、考えられる身の振り方は二つに一つ……、黒田利成どのの養子として迎え入れてもらうか、宗乙も盛岡に来るか、利成どの、宗乙、相談のうえ、どうすべきか決めるように……、とそうあったというのですよ。そればかりではありません。当地で内山《うちやま》氏の娘御をお側《そば》として屋敷に入れたが、此度、その者が懐妊したゆえ、正式に娶ることになったので、そのことを了解してほしい……、と、まあ、勝手なことを！」

「それで、久和さまはなんと？」

「それが、久和さまは、黒田に戻されたときから、自分はいずれこうなるのではと思っていた、旦那さまは黒田の血を引くわたくしを女房にしたままでは、長政さまや兵庫助さま、いえ、如水さまにも申し訳ないと思っておられるのでしょう……と、なんとまあ、殊勝《しゆしよう》にもそんなことを言われるではないですか……。けれどもね、わたくし、久和さまの目が潤《うる》んでいるのに気がつきましたのよ。それで、ああ、この女《ひと》は気丈にもこんなことを言っているけど、きっと、胸の内では泣いているのだと思いましてね……。これまでも、久和さまは利章のことを解ってやろうと、世間から白い目で見られながらも懸命《けんめい》に耐えてきたのに、現在《いま》になって、この仕打ちはないではありませんか！　恐らく、叶うものなら、ご自分も利章と一緒に盛岡に配流されたかったのでしょうよ。それなのに、利章ったら、兵庫助さまの娘御に自分と運命を共にさせるわけにはいかないなどと綺麗事《きれいごと》を並べ立てておいて、盛岡に行ったら掌《てのひら》を返したように、さっさと他の女ごに手をつけたのですからね！　わたくしは姉として、いえ、女ごとして、利章の身勝手さを許すわけにはいきません！」

美穂が血相《けっそう》を変えて鳴《な》り立てる。

「姉上……」

美穂は紀伊が狼狽《うろた》えたのを見て、決まり悪そうな顔をした。

「そうでしたね……。おまえに怒りをぶっつけたところで仕方がないのに……。それに、その女ごのお腹には赤児《やや》がいるというのですものね」

「では、久和さまは納得されたのですね」

紀伊が美穂に目を据《す》える。

「ええ……。泣く泣くなのでしょうが、旦那さまがそう言われるのなら仰せに従うのみと……。それで、わたくし、利章に代わって詫びを言わせてもらいます、と久和さまの前で頭を下げて来ましたの」

紀伊はふうと溜息《ためいき》を吐いた。

大膳が盛岡に配流されたのが四十三歳のとき……。

まだまだ男の盛りが過ぎたとは言えない大膳である。

しかも、見知らぬ地で暮らすとなれば心寂《うらさみ》しくもあるだろう。

姉としては大膳の気持が解らなくもない。

が、同じく亭主に置き去りにされた女ごとしては、大膳の身勝手さは許せなかった。

紀伊はどうしても久和を自分に重ね合わせてしまう。

久和は紀伊より随分と若く、若いからこそ、紀伊のように半《なか》ば諦めの境地《きょうち》にはなれないだろう。

申し訳ありません、久和さま……。

藩の窮地を救うためとはいえ、利章が勝手な真似《まね》をして、女房、子を泣かせるようなことをしてしまいました。

紀伊は胸の内で久和に手を合わせた。

すると、ひとしきり憤怒《ふんぬ》を吐き出してすっきりしたのか、美穂が改まったように紀伊を見た。

「それはそうと、紀伊にも知らせることがありますのよ」

茶の仕度をしていた紀伊は、さあ、なんでしょう、嫌なことなら聞きたくありませんわ、と呟いた。

「嫌なこと？　ああ……。そう言えば、これまであまりよい知らせを持って来ませんでしたわね。さあ、どうでしょう？　これがよい知らせなのか悪い知らせなのか……。とにかく、聞いてきたことを話しますね」

「…………」

紀伊が美穂の前に湯呑を置く。

「実はね、一月《ひとつき》ほど前に、稲葉正勝さまが亡くなられたそうですの。まだ三十八歳というのに、お気の毒に……」

紀伊の顔にさっと緊張の色が走った。

「では、今後、旦那さまはどうなるのでしょう」

美穂はくすりと笑った。

「案ずることはありませんよ。平右衛門どのは正式に稲葉の家臣に執り立てられているのですもの、藩主が亡くなったからといって、召し放しになりはしませんよ。いえ、それどころか、跡《あと》を継いだ正則《まさのり》さまというのが十二歳という若さで、そのため、平右衛門どのが筆頭家老に執り立てられたそうですのよ。まっ、禄高《ろくだか》は御関所総番頭のときと同じ三千石と変わらないようですが、大切なのは、禄高ではありませんからね。殊に、平右衛門どののような男《ひと》は、金より名誉を重んじる……。秋月藩を脱藩した男《ひと》が、二年もしないうちに筆頭家老とは、平右衛門という男《ひと》はどこまで運の強い男なんだろう……」

紀伊はほっと眉を開いた。

「旦那さまが筆頭家老に……」

「と言っても、正則さまの背後には、春日局が控えていますからね。当面は、春日局の出所《でしよ》、つまり、大伯父《おおおじ》の斎藤利宗《さいとうとしむね》さまが年若い正則さまを補佐するそうですが、さあ、あの平右衛門どのと甘くやっていけるのかどうか……。やはり、紀伊は小田原に行っていなくて良かったのですよ！　行っていたとすれば、気苦労が絶《た》えないでしょうからね」

美穂は片目を瞑ってみせた。

「右馬丞はどうしているのでしょうか……」

紀伊はもう六年も逢っていない我が子に、想いを馳《は》せた。

美穂が指折り数える。

「平右衛門どのが秋月藩を脱藩したとき、右馬丞は十九歳でしたよね？　すると、あれから六年ということは、現在《いま》は二十五歳……。さぞや立派な若者になられたことでしょうよ。それに、もう充分、出仕の出来る歳……。平右衛門どのは筆頭家老なのですもの、きっと現在《いま》は、お役目に就《つ》いておいでですよ。それどころか、嫁取りの算段《さんだん》をなさっているかもしれませんよ」

嫁取りという言葉に、紀伊の胸がきやりと揺れた。

そうなのだ……。

右馬丞は所帯を持ってもよい歳なのだ……。

紀伊の胸に寂寥《せきりょう》としたものが吹き抜けていく。

息子が嫁を迎えたとしても、自分は直接逢って、祝いのひとつ言ってやることが出来ないではないか……。

紀伊は初めて平右衛門のことを憎いと感じた。

これまでは、平右衛門に顧《かえり》みられなくても、何か事情があるのだろうと極力よいほうに解釈し、憎いと思ったことはなかったのに、我が子の婚姻《こんいん》に立ち会う権利を奪われたのでは、これが憎まずにいられようか……。

母親にとって、我が子の縁組ほど晴れがましいことはないのである。

「どうしました？　怖い顔をして……」

美穂が訝しそうな顔をする。

紀伊は慌てた。

「いいえ、右馬丞が祝言を挙げるようなことになっても、わたくしは立ち会えないのだと思って……」

「現在《いま》の状態が続けば、そういうことになるのでしょうね。真明は出家してしまい、浄土宗では妻帯《さいたい》を禁じられていないといっても、嫁取りとなると……。そう考えてみれば、つくづく、平右衛門どのは紀伊に酷いことをなさったものよ……」

美穂が口惜《くちお》しそうに唇を噛《か》む。

が、何か思いだしたのか、ぱっと顔を輝かせる。

「そうそう！　一成から聞いたのですが、平右衛門どのったら、旧君《きゆうくん》長興さまが参勤で小田原を通過なさる度に、衣服を紋付長袴の正装に改め、両手をついて長興さまの行列が見えなくなるまで額《ぬか》ずいていなさるとか……。それで、周囲《まわり》の者が言っているそうですよ。さすがは堀平右衛門、旧君との行き違いがあったにせよ、終生《しゆうせい》、至誠の心を忘れていないと……。けれども、穿《うが》ったものの見方をする者は、至誠などとはとんでもない、堀どのは秋月藩から無下《むげ》に扱われたものだから、現在《いま》は小田原藩の筆頭家老にまで上り詰めたのだと旧君に誇示《こじ》しているだけなのだと……」

まあ……、と紀伊が眉根を寄せる。

「紀伊、そんな顔をするものではありませんよ。いえね、わたくしは平右衛門どのの行為は長興さまへの詫びと考えていますよ。理由はともあれ、長興さまに弓を引いたのには違いありませんからね。とは言え、毎度、同じことを繰《く》り返すのが、いかにも平右衛門どのらしきところ……。誰しも、一度はその気になっても、なかなか続けられるものではありませんからね……。長興さまにしても、最初《はじめ》は平右衛門どののそんな姿にムッとされたかもしれませんが、毎度となると、否《いや》が応《おう》でも、平右衛門どのの気持がお解りになったでしょうからね」

美穂の言葉に、紀伊も平右衛門の胸の内を垣間《かいま》見たように思った。

やはり、平右衛門は長興のことを憎からず思っていたのである。

と言うか、内心は我が子のように愛《いと》しく思っていたに違いない。

愛しいからこそ、自分の気持が解ってもらえないことが腹立たしく、また、そう思う己の心が許せなかった……。

それが、脱藩という形に顕《あらわ》れてしまったのではなかろうか……。

紀伊はふっと頬を弛めた。

「ほんの少し、旦那さまの心が読めたような気がします」

「そう？　ならば、おまえにこのことを話した甲斐がありましたよ」

美穂と紀伊は顔を見合わせ、目を細めた。


ところが、平右衛門の小田原藩筆頭家老としての暮らしは長く続かなかった。平右衛門の直情径行型な性質は、小田原藩に移ってからも、一向に変わらなかったのである。

とは言え、稲葉正勝は平右衛門をよく理解してくれ、臨機応変《りんきおうへん》に柔軟《じゅうなん》な態度で接してくれたので甘くいっていたのだが、跡を継いだ正則はなんといっても十二歳……。

またぞろ、ここにきて、長興のときのように平右衛門に、殿に代わって自分が……、という押しつけがましい行為が目立ってきたのである。

しかも、平右衛門は二年ほど前に小田原藩にやって来たばかりの新参者……。

その新参者が筆頭家老となり三千石を賜っているのであるから、千五百石ほどしか賜っていない古参の家老は業が煮えることこのうえない。

そのため、彼らが正則ばかりか、後見役の斎藤利宗、はたまた江戸城大奥にいる春日局にまで、あることないこと苦情を持ち込んだものだから堪らない。

春日局にとって、正則は可愛い孫である。

その正則が平右衛門に蔑《ないがし》ろにされ、藩政を縦《ほしいまま》にされているというのであるから、春日局は激怒した。

春日局は嘗《かつ》て自らが平右衛門を稲葉家に召し抱えるようにと正勝に薦めたことを棚《たな》に上げ、正則の許に文を出したという。

この年、十四歳の正則は小田原城にいたのだが、春日局の文にはこうあった。

「平右衛門を小田原に差し出すので、田辺権太夫《たなべごんだゆう》（家老）とよく相談のうえ、然《しか》るべく取り計らい申すべき……」

なんと、暗殺指令の文を寄越したのである。

稲葉家にとって、春日局は絶対的な存在で、しかも、正則にとっては祖母……。

その女《ひと》の命とあっては、正則には何が正義かよりも、ただ服従するのみであった。

平右衛門は小田原城に上がると、真っ直ぐ正則の部屋に通され、何を糾弾《きゆうだん》されるのかと思ったその矢先、いきなり正則が小太刀《こだち》の鞘《さや》を引き抜いたとは……。

「その方は勤番中、とかく我儘《わがまま》の振る舞い致したる廉《かど》をもって手討《てう》ちに致す！」

驚いた平右衛門は立ち上がろうとした。

ところが、袴《はかま》が小柄《こづか》で畳に綴《と》じつけられていて、平右衛門は躓《つまず》いてしまう。

平右衛門が正則の前に坐《すわ》ったそのとき、隣にいた権太夫が小柄で平右衛門の袴を畳に綴じつけていたのである。

こうして、平右衛門は正則の刀であっさり手討ちにされてしまったのだった。

正則は平右衛門を仕留《しと》めると、謡曲《ようきよく》「田村《たむら》」の一節を口ずさんだという。

「ただ頼め。標茅《しめじ》が原のさしも草……」

側にいた権太夫は、そのまま部屋を去ろうとする正則に訊ねた。

「若殿は家来の一人をお手討ち遊ばされて、何ゆえ謡《うた》われるので……」

「余もこうしたことはしとうなかったが、詮方《せんかた》なし」

正則はそう言うと、血に染まった着衣を脱ぎ、権太夫に手渡して次の間へと去って行った。

堀平右衛門、享年八十……。

波瀾万丈《はらんばんじょう》の生涯にしては、なんと呆気《あっけ》ない最期であっただろうか……。

平右衛門の死は、それから一月《ひとつき》後、紀伊の許に伝えられた。

この日、美穂は一成を伴っていた。

「これは、美作さま、このようにむさ苦しいところに……。今宵《こよい》は何ゆえ……。

それに、人目に立ちますのに、宜しいのですか？」

紀伊は慌てて囲炉裏の客座《きゃくざ》に円座《えんざ》を敷くと、どうぞ、と目で促した。

「人目に立ってはと思い、こうして夜分を選んで来たのですよ」

美穂が神妙《しんみょう》な顔をして答える。

紀伊の胸が激しく揺れた。

やはり、何かあったのだ……。

そう思うと、茶の仕度をする間も、指先が顫えた。

「紀伊どの、落着いて聞かれよ。実は、今宵それがしが参ったのは、平右衛門どのの死を伝えるのに、美穂の口からというわけにはいかないと思うてな……」

紀伊の手から急須《きゅうす》が滑《すべ》り落ちた。

あっと、慌てて手拭《てぬぐい》で板間を拭《ぬぐ》おうとすると、美穂がさっと取って代わった。

「大丈夫ですよ。ここはわたくしに委せて下さいな」

紀伊は一成に虚《うつ》ろな目を向けた。

「もう一度言って下さいませ。今、確か、旦那さまが亡くなったと……」

一成は辛そうに頷いた。

「ああ、一月前《ひとつき》のことという」

「一月前《ひとつき》……。で、それは病死で？」

「いや……」

「病死でないとすれば、どなたかと果たし合いでもしたのでしょうか……」

「いや……」

一成は苦虫《にがむし》を嚙み潰したような顔をしている。

「…………」

病死でも果たし合いでもないとしたら、一体……。

一成は意を決したように、口を開いた。

「実は、正則公に手討ちにされてしまわれたのよ」

「手討ち……」

紀伊の顔から見る見るうちに色が失せた。

「何ゆえ、そんなことが……」

「では、話そう」

そう言い、一成は平右衛門の身に起きたことを話し始めた。

紀伊はひと通り話を聞くと、鼠鳴《ねずみな》きするような声で訊ねた。

「旦那さまの我儘は、殿さまの手討ちになるほどのことだったのでしょうか……」

紀伊が縋《すが》るような目で、一成を見る。

「さあて……。だが、秋月藩での平右衛門どのの振る舞いから思うに、さもありなんと……。だが、平右衛門どのはなんといっても高齢だ。手討ちになるほどの我儘を徹す活力が、現在《いま》の平右衛門どのにあるかどうか……。思うに、これは稲葉家に古くから仕える家臣の謀略《ぼうりやく》ではなかろうか……。まっ、言ってみれば、正勝公亡き後、稲葉にはもう平右衛門どのは不要ということで、そこで、平右衛門どのと長興公の諍《いさか》いを思い出した藩のお歴々が、正則公と平右衛門どのの不和説をでっち上げ、春日局に注進《ちゆうしん》した……。春日局は孫可愛さあまりに、前後を失ったのだろうて……。それで、正則公宛に平右衛門どのを殺害するように文を出した……。正則公はなんといっても、まだお若い。春日局から平右衛門を討《う》てと言われたら、従わざるを得ないだろうからよ……。よって、これは不運としか思えない。と言うのも、殿さまに手討ちになったとあっては、誰にも異議は唱えられないのでな……」

ああ……、と紀伊は胸を押さえた。

戦場で死ぬのであれば平右衛門にも不足はないだろうが、あらぬ誹謗《ひぼう》によって、主君に手討ちになるとは……。

病で死ぬのであっても、まだ納得がいく。

だが、至誠の心だけは誰にも負けない平右衛門が、このような死に方をするとは……。

「平右衛門どのの死を知り、中には、いかにも傲慢な堀どのの最期、あの男にこれほど相応しい死に様《ざま》があろうか、と陰口を叩《たた》く者もいるようだが、それがしはそうは思っていない……。平右衛門どのほど藩のためを思い、主君のためを思う者はいないからよ。だからこそ、それを見込んだ長政公、正勝公が歳若い息子を平右衛門どのに託されたのだ……。が、それが周囲《まわり》の者には面白くない。それで、若君にあることないことを吹き込んだ……。若君と平右衛門どのの溝《みぞ》は深まるばかりで、それが秋月藩の場合も小田原藩の場合も、悲劇を生んでしまったのだと思う」

一成がそう言うと、美穂が気遣わしそうに紀伊を見る。

「わたくしもそう思います。紀伊、平右衛門どのがあのような死に方をされたからといって、決して卑屈《ひくつ》になったり、恥じ入ることはないのですよ……。わたくしたちは平右衛門どのの良き面を沢山知っています。紀伊、おまえが一番よく知っているのではありませんか？　だからこそ、わたくしが幾たびあの男のことは忘れてしまいなさい、待ったところで決して迎えに来てくれないのですよ、と口が酸《す》っぱくなるほど諭《さと》しても、おまえは平右衛門どのを待ち続けたのですものね……。けれども、紀伊、もう待たなくてよいのですよ。やっと、平右衛門どのから解放されたのですからね」

「解放された？」

紀伊がぽつりと呟く。

「ええ、そうですよ」

「解放された……、解放……」

紀伊は二度三度呟くと、ワッと板の間に突っ伏し、肩を顫わせた。

美穂と一成が顔を見合わせる。

紀伊が解放されたことに感極《かんきわ》まっているのか、それとも哀《かな》しんでいるのか、解らなかったのである。

が、紀伊にも我が心が解らない。

嬉《うれ》しくもあり、哀しくもあり、ただただ寂しい……。

そのときの紀伊には、待つことを止めた生き方など考えられず、まるで、今後の指針《ししん》を失ってしまったように思ったのである。


紀伊が縁側に坐って月を眺《なが》めていると、背後から喜助が声をかけてきた。

「ええ月ばい！」

「今宵は待宵《まつよい》ですものね。喜助、芒《すすき》をこんなに沢山採ってきてくれて有難うね。お陰で、今年も良い月見が出来ました」

「辰之助さァがようけェこと栗を採ってきてくれなったけん、よかしたな」

「本当に助かりましたわ」

「けんど、奥方さァ、姉さんげ、(家) 行かんでよかと？」

「ええ、わたくしの家はここ……。姉上の屋敷に身を寄せれば、姉上も度々ここに来なくてよくなり助かるのでしょうが、わたくしは旦那さま亡き後も、堀平右衛門の家内……。それに、わたくしがここを動けば、右馬丞の戻って来る場所がなくなってしまいますもの……」

紀伊がそう言うと、喜助はもう何も言えなくなったとみえ、すごすごと土間のほうに去って行った。

平右衛門が手討ちになって、三年が経《た》つ。

伝え聞くところに拠ると、右馬丞は平右衛門の亡骸《なきがら》を引き取ると、そのまま姿を消してしまったという。

今頃、どこで何をしているのか……。

紀伊は気が気ではないのだが、どうすることも出来なかった。

が、いつか必ず、あの子はわたくしの許に戻って来る……。

そのためにも、美穂がいくら、我が屋敷に身を寄せろ、平右衛門どのはもうこの世の人ではないのだから誰に気兼ねをすることがあろうか、と言ってくれても、紀伊はここを動くわけにはいかなかった。

平右衛門を待ち、そして現在《いま》は、右馬丞を待つ……。

つくづく、紀伊は自分は待つ女ごだと思う。

いいさ、わたくしは今宵の月と同じだもの……。

望《もち》の夜（満月）を今か今かと待つ、待宵……。

ただ、わたくしの場合は、待てど暮らせど望の夜は来ないというだけなのだ。

そう思い、去年も一昨年《おととし》も、月見は待宵の月……。

いつか、こんなわたくしにも望の夜が訪れるのであろうか……。

そう思うが、紀伊はこの年五十路を迎えた。

あとどのくらい、待宵の月を愛《め》でることが出来るのか、それは紀伊にも判らない。

まさか、このときから六年後（一六四五）の六月三日、右馬丞が父の仇《かたき》を討とうと箱根山中に潜伏し、猪《いのしし》狩《が》りをする正則の狙撃《そげき》に失敗し、処刑されることになろうとは……。

現在《いま》の紀伊はそのことを知る由《よし》もない。

恐らく、来年も再来年《さらいねん》も、もしかすると、右馬丞が処刑されてからも、尚かつ、紀伊は待宵の月を眺めているのかもしれない。

「奥方さァ！」

土間のほうから喜助が声をかけてくる。竈《へっつい》にかけた鍋《なべ》が煮立ってきたというのであろう。

「はァい、今行きます！」

紀伊はもう一度待宵の月に目をやると、土間へと下りて行った。

岡本さとる

風《ふう》流《りゅう》捕《とり》物《もの》帖《ちょう》〝きつね〟

著者・岡本《おかもと》さとる

一九六一年、大阪市生まれ。立命館大学卒業後、松竹入社。演劇制作や舞台の脚本、『水戸黄門』などのテレビ脚本を数多く手掛ける。二〇一〇年、『取次屋栄三』（祥伝社文庫）でデビュー。大人の胸中を滋味深く描く名手として人気を博す。著書に「居酒屋お夏」「剣客太平記」シリーズ他。近著に『合縁奇縁』『三十石船』。

一

昨夜から降り始めた雨は、翌日の昼過ぎになって滝のように地面を叩《たた》きつけていた。

「こいつは堪《たま》らねえや。ちょいと雨宿りするか……」

両国広小路《りょうごくひろこうじ》を行く春野風太郎《はるのふうたろう》は、手先の喜六《きろく》と小者の竹造《たけぞう》に告げると、傍《かたわ》らの甘酒屋へ駆《か》け込んだ。

今は、市中見廻《みまわ》りの最中であった。

日頃は南町奉行所の定町廻《じょうまちまわ》り同心として、髪は小銀杏《こいちょう》に結《ゆ》い、着流しに黒紋付《くろもんつき》の巻羽織《まきばおり》姿。帯は献上《けんじょう》、足許《あしもと》は紺足袋《こんたび》に雪駄《せった》ばきで颯爽《さっそう》と道行く風太郎であるが、こんな大雨の日はどうもいけない。

九月の初めのことにて、寒さに凍《こご》えはせぬものの、着物は濡《ぬ》れそぼっていて気持ちが悪かった。

店に入ると羽織の水気を払い、小上がりの框《かまち》に腰をかけ、小女《こおんな》が運んでくれた素焼《すやき》の火鉢《ひばち》を足許に置いて乾かし始めた。

こんなことなら、初めから桐油紙《とうゆがみ》の合羽《かっぱ》を羽織り、一文字笠《いちもんじがさ》を被《かぶ》ればよいというものだが、それらは未《いま》だに竹造に持たせたままであった。

歳《とし》は三十二で独《ひと》り身《み》。きりりとした目は鋭《するど》いが、顔立ちはふっくらとしていて、両端《りょうはし》の切れ上がった口許《と》にはえも言われぬ愛嬌《あいきょう》がある風太郎である。

町の者からは男女を問わず人気があるため、笠に合羽など、そんな野暮《やぼ》な姿を人前に晒《さら》したくはないのだ。

こういうと、春野風太郎という男が、恰好《かっこう》ばかりに囚《とら》われた気障《きざ》な役人に映《うつ》るが、そうではない。

もて男でありたいというのは確かであるが、定町廻り同心は町の者達から親しまれてこその存在だと、風太郎は思っている。

大雨の日に痩《や》せ我慢《がまん》をして傘一本さして歩いている。

実際、春野風太郎は、咎人《とがにん》の探索において、何度も手柄を立てている。そんな馬鹿なところを見せるから、探索の折には誰もが緊張せずに情報を提供してくれるのだ――。

この日も、風太郎の姿を目敏《めざと》く見つけた町の男が甘酒屋に飛び込んできて、

「旦那《だんな》！　ちょいとお出まし願えませんか！」

と、事件を告げた。

ちょうど風太郎は、小女が運んでくれた甘酒を飲み始めて、体が温まってきたところであった。

「何でえ、おれがここへ入るのを見てやがったな……」

どうせその辺りで夫婦喧嘩《げんか》でも始めやがったのだろうとしかめっ面《つら》で、

「何があったっていうんだよう」

甘酒を啜《すす》りながら問うた。

「ちょいと大変なんでさあ。元柳橋《もとやなぎばし》の袂《たもと》に土左衛門《どざえもん》が上がりやした」

「何だと……」

風太郎は甘酒屋を飛び出した。その目は鋭い同心のものとなっていた。

小者の竹造は素早く風太郎に傘を差しかけ、手先の喜六と共に後へと続いた。

元柳橋は、両国広小路からは目と鼻の先だ。

駆けつけるのに幾《いく》らも時はかからなかった。

橋の袂には、野次馬《やじうま》達の傘の花が咲いている。

その向こうに、横たわる男の足の裏が覗《のぞ》いていた。

誰かが気を利《き》かしたようで、骸《むくろ》には菰《こも》がかけられてあった。

「おう、皆、この雨の中、ご苦労なこったな」

風太郎は野次馬達に声をかけた。

「濡れて風邪などひくんじゃあねえぞ」

野次馬達は、風太郎に気付くと一様に頬笑《ほほえ》んで、さっと道をあけた。

やはり春野風太郎――町の者達から慕《した》われているようだ。

風太郎は、ここからほど近い両国橋の橋番所に喜六を走らせ、早速《さっそく》骸を検分《けんぶん》した。

菰をはぎとってみると、若い男であった。

骸を見つけたのは荷船の番頭で、その話によると、川辺に何者かが倒れているので、この雨の中足を滑《すべ》らせて溺《おぼ》れたのかと思い、引き上げてみれば土左衛門だったという。

それゆえ、川辺に打ち上げられるまで、それほど時は経《た》っていないようだ。遺体の損傷《そんしょう》も少なく、衣服も体についたままなので、仏《ほとけ》の生前の様子が推測出来た。

「歳の頃は二十五、六。着物はお仕着せのようだから、どこかの店《たな》の手代ってところだな」

風太郎はそのように見た。

とはいえ水死体であるから、細かく判別するのは難しいが、

「なかなかのやさ男だったようだ。もったいねえ話だな……」

風太郎は溜息《ためいき》をついた。

「てことは、心中の片割れってところですかねえ」

「いや、色恋のもつれから、誰かに殺されて川へ放り込まれたとか」

野次馬達は、日頃誰かれなしに軽口を叩く風太郎ゆえに、声高《こわだか》に勝手なことを言い合った。

「くだらねえことを言ってねえで、さあ行った、行った……」

風太郎は、笑いながら野次馬達を見廻して追い払ったが、彼の目は瞬時に一人の女を捉《とら》えていた。

今まで野次馬達に紛《まぎ》れて気がつかなかったその女から、何とも妖《あや》しげな色香が漂《ただよ》っていたからである。

傘に隠れて顔はよく見えない。しかし、面長《おもなが》で抜けるように色が白いのは確かだ。

歳の頃はいくつくらいであろうか。さほど若くは見えない。それでも、年増《としま》ならではの風情《ふぜい》があり、肉《しし》おきの豊かな腰や胸が、縞柄《しまがら》の着物の曲線を美しいもの

にしていた。それでいて手足は小娘のように細くはかない。

――この女、素人《しろうと》じゃあねえな。

風太郎は心の内で呟《つぶや》き、野次馬を見廻しながらしっかりと女の姿を認めていた。

容姿に惹《ひ》かれたばかりではない。

傘から覗く涼《すず》しげな目が、食い入るように骸を見ていたのが気にかかったのだ。

――もしや、あの女は仏のことを知っているのでは。

ふとそんなことを頭に浮かべた時、

「旦那！」

喜六の声がした。

両国橋の橋番所から、番人二人を連れて引き返してきたのだ。

「おう、ご苦労だな」

風太郎は彼らを労《ねぎら》うと、とにかく骸を橋番所に運ぶよう指図した。

橋番所の者達は、こういう仕事に慣《な》れている。持参した戸板に骸を手際《てぎわ》よく載《の》せると、さっと持ち上げた。

その時、喜六があっと声をあげた。

「旦那、うっかりしておりやした」

「何だいきなり」

喜六、今度は声を潜《ひそ》めて、

「この仏、〝近江屋《おうみや》〟の手代かもしれませんぜ……」

「心当りがあるのかい」

「へい」

「そんなら番所で聞こう」

風太郎はそう言うと再び辺りを見廻したが、散っていく野次馬達の中に、件《くだん》の女の姿は既《すで》になかった。

二

喜六の心当りとはこうだ。

二日前の夜。彼は京橋《きょうばし》の南、尾張町《おわりちょう》に呉服店を構える近江屋から呼び出されて、内々にと相談を受けた。

朝の内に遣《つか》いに出た手代の清七《せいしち》が、夕刻を過ぎても帰ってこないというのだ。

近江屋の主《あるじ》・吉兵衛《きちべえ》は、清七について含《ふく》むものがあるように思えた。たとえば清七が近頃何か大きな失敗《しくじり》を犯して、吉兵衛がきつく叱りつけたというような。

「今までこんなことは一度たりともなかっただけに、どうも案じられましてねえ」

いかにも心配そうに俯《うつむ》く様子からは、清七が早まったことをするのではないかという恐れが窺《うかが》えた。

それでも、

「何人か手配して、方々あたってみましょうか」

と応《こた》えると、

「いえ、とにかく今日明日は帰ってくるのを待ってみますので、今は心に留《と》めておいてもらえませんか」

吉兵衛はあまり大事《おおごと》にしたくないのか歯切れが悪かった。

心配の余り御用聞《ごようき》きを呼んで相談したものの、

「もう少し様子を見てからでもよかったかもしれない」

という迷いが出たようだ。

「そうですかい。そんならまたいつでも声をかけておくんなさい」

喜六は深く問わなかった。あれこれ事情もあるのだろうし、こうして夜に出張《でば》ってきたのだ。大店の近江屋が自分を手ぶらで帰すわけもあるまい。適当に受け流しておけばよいのだ。

時折この近江屋から、細々《こまごま》とした相談を受けることはあるが、五十人以上の奉公人がいるので、喜六は清七の顔を覚えていない。探索するのも面倒であった。

「まあそれで、目を光らせておきやしょうと言い置いて帰ったんですがね……」

橋番所の内で、喜六は風太郎にその経緯を報《しら》せた。吉兵衛からは二分《ぶ》も心付《こころづけ》をもらったこと以外は――。

「なるほど、この仏が近江屋の清七だと、十分考えられるな」

風太郎は橋番所で雨宿りを決めこみつつ、喜六を近江屋へ走らせた。

やがて吉兵衛 自《みずか》らが駕籠《かご》をとばして駆けつけてきた。喜六も分乗させてもらっている。

「お騒がせいたしました。はい、確かにこれはうちの清七でございます……」

そして吉兵衛は、骸を改めて清七であると風太郎に伝えた。

「何ということを……」

吉兵衛はがっくりとうなだれていた。

清七は、幼い頃より近江屋の客筋から特に頼まれて吉兵衛が預かり、立派な商人にすべく手塩にかけて育ててきた。言わば息子同然の存在であった。

その勤めぶりは申し分なく、このようなことになるとは夢にも思わなかったという。

「喜六から話は聞いたが、店の内で何か変わったことはなかったか」

風太郎は、吉兵衛を番所の隅《すみ》へと誘《いざな》い、清七が姿を消した理由について思い当る節《ふし》があるのではないかと小声で訊《たず》ねた。

「悪いようにはせぬゆえ、申してみよ」

「はい……」

吉兵衛は畏《かしこ》まった。先日、喜六を呼び出しながらも伝えずにいたことを、風太郎に見抜かれているのがわかったからである。

「実は、三日前に、店の金が十両ばかり合わぬようになりまして……」

吉兵衛は正直に告げた。南町の春野風太郎は、見た目は調子よさそうに見えるが、なかなかに頼りになる旦那だという噂《うわさ》は聞き及んでいた。

近所の鳶頭《とびがしら》の紹介で、御用聞きの喜六と誼《よしみ》を通《つう》じ日頃ものを頼んできたのは、喜六が風太郎から手札を与えられていると聞いたからである。最早《もはや》、隠し立ては無用だと思ったのだ。

「なるほど、ようくわかった」

風太郎は、ただそれだけ言葉を返すと、大きく頷《うなず》いてみせた。

店から消えた十両は、清七が手をつけたもので、それが露見するに及んで、清七は大川《おおかわ》橋辺りから身を投げた――。

十中八九そうに違いないが、息子同然とも思ってきたという清七が十両盗んだとは世間に知られたくない。

そういう吉兵衛の想《おも》いを呑《の》み込んだ上で風太郎は、

「悪いようにはせぬ」

と、目でものを言ったのである。

吉兵衛はそれを解して、

「何ゆえこのようなことになったのか、どうぞお調べくださりませ」

深々と頭を下げ、この度《たび》の不始末をくどくどと詫《わ》びたのであった。

それから、吉兵衛は一旦店へと戻り、ようやく雨も止んだ。

風太郎は、小者の竹造を橋番所に残し、喜六と外へ出て、両国橋の袂からすっかり水嵩《みずかさ》が増した大川を眺《なが》めながら話を整理した。

「旦那、どうするおつもりなんです?」

喜六が問うた。

手先の御用聞きが八丁堀《はっちょうぼり》の旦那に対して、随分《ずいぶん》と遠慮のない物言いであるが、市井《しせい》に通じているのは自分より喜六の方なのだから、

「勤めの間、気がついたことがあれば何でも言ってくんな、おかしな気遣いは無用だ」

と、風太郎はいつも喜六に申し伝えている。

「まあ、近江屋の方では十両の金の件も、役所に届け出るつもりはなかったようだ。清七は、この雨の中足を滑らせて川へ落ちた……。そんなところにしておいてやればよいのではないか……」

風太郎は実にのんびりとした口調で応えた。

喜六は少しほっとした顔となり、

「そうしてやってくださいますか」

上目遣いに風太郎を見た。

「だが、十両の金で大川へ身を投げるとは、哀《あわ》れな奴だな」

風太郎はやれやれとした表情で言った。

「まったくで。正直に言えば近江屋の旦那も内済《ないさい》にしてくれたはずなのに……」

「許してもらったとて、生きていくのが辛《つら》くなったのかもしれねえな」

「と、仰《おつしや》いますと……」

「女に入れあげたあげく、金の切れ目が縁の切れ目と、愛想尽《あいそづ》かしをされた。そんなところじゃあねえのかな」

吉兵衛が息子同然に育ててきたというくらいであるから、これまで清七はさほど苦労せずにやってこられたと思われる。

勤めぶりも申し分なかったというから、吉兵衛もさぞかしかわいがったことであろう。

そんな若い男が女に騙《だま》されると性質《たち》が悪い。

大きな苦労がない分打たれ弱いし、真面目《まじめ》なだけに、店の金に手をつけたことへの罪《つみ》の想いが激しく募《つの》る。

とどのつまりが思いつめて首を縊《くく》るか、身投げをするか――。

清七もその類《たぐい》であったと風太郎は確信していた。

「まず、そんなところでしょうねえ……」

そのような事件は何度も見てきた喜六ゆえに、風太郎の言う通りだと思うものの、

「だが、あっしにはどうもわかりやせん」

喜六は首を傾《かし》げた。

「何がわからねえ？」

風太郎は、ちょっとからかうように言った。

「近江屋の旦那の話を聞いていると、清七は決して馬鹿な野郎じゃありません」

「うむ、むしろ利口《りこう》な男だったんだろうな」

「それが、あっさりと女に騙されちまうなんて……。だいたい、世間の男達は何かというと女に入れあげちまうが、傍《はた》で見ていると、その相手ときたら大抵くだらねえ女ときてる。店の金に手をつける前に、ちょいと女を見直すくれえの知恵が、どうして湧《わ》いてこねえんでしょうねえ」

「ふふふ、そいつはお前の言う通りだな。色恋に夢中になると、確かに男は女の醜《みにく》さが見えなくなるもんだ」

風太郎はにこやかに頷いた。

喜六は風太郎より二つ歳下で、彼もまた独り身である。決して女嫌いではない。風太郎ほどではないにしろ、浮名を流したこともあった。だが、どうも所帯を持つとなると面倒だと思ってしまうのだ。

「女なんて、ちょっと甘い顔を見せると、男に文句を言うのが当り前のように思いやがる」

それで、親から受け継《つ》いだ鉄砲洲《てつぽうず》の笠屋《かさや》を、乾分《こぶん》二人にまかせながら、喜六は存分に風太郎の用向きを務めているというわけだ。

「だがよう喜六。女の中には、騙されても構わねえから溺れてみてえ、そんなのもいるもんだぜ」

「そうですかねえ、女なんて、皆同じようなもんじゃあねえですか」

「いや、それがいるんだよう、この世のものとも思えねえような好《い》い女が」

「旦那はそんな女にお会いになりやしたかい」

「さあ、それはどうかな」

「何ですかい、それは……」

「ははは……」

軽口を叩いて笑いつつ、風太郎は先程野次馬の中に見かけた妖しげな女を思い出していた。

この世のものとも思えぬ好い女――。

それはあの女に当てはまるような。

風太郎が骸を検分する時に、野次馬達へ気安く声をかけるのは、彼のくだけた性質がそうさせるだけではない。

そのような場には、事件の鍵《かぎ》を握る者が紛れていることも少なくない。

それゆえその場を和《なご》ませつつ、ごく自然に周囲の者達に目をやり、観察しているのだ。

その意味においては、降りしきる雨に邪魔をされて、あの女を見失ってしまったのは悔《くや》まれた。

女が清七の骸を見つめる様子は、ただ物珍しさからだけではなかった。

――すると、あの女が清七の相手か。

年増女の魔力に魅入られてしまったというのであろうか。

だが、あのような女が清七を相手にするとも思えない。

風太郎が未だに独り身なのは、喜六のように女房を持つのが面倒だというのではなく、妻帯すると何かと窮屈《きゅうくつ》だと思うからである。

それほどに気儘《きまま》な遊び人の一面を持つ風太郎でさえ、覚えたことのない妖艶《ようえん》をあの女は醸《かも》していた。

――いや、あれは狐《きつね》かもしれねえ。

風太郎は、ふっと目の前に現れ、またふっといなくなった女のことが、なかなか頭から離れなかった。

そんな風太郎の青々と剃《そ》りあげられた月代《さかやき》に雨の滴《しずく》が落ちてきた。

「また降ってきやがった……」

風太郎は我に返って、

「まず、清七の一件を調べてみるとしよう」

喜六にそう告げると、再び橋番所の中へと消えていった。

三

雨は降ったり止んだりを繰《く》り返して、三日目にはすっかりとあがった。

秋雨《あきさめ》も終ったようだ。これからは過ごしやすい時候となる。

この間に近江屋の手代・清七についての調べはほぼ済んでいた。

やはり春野風太郎が見た通り、清七には熱をあげていた女がいた。

芝口《しばぐち》一丁目で乾物《かんぶつ》問屋を営《いとな》む、惣兵衛《そうべえ》という男の話によると、愛宕下《あたごした》にある〝玉山《たまやま》〟という矢場《やば》の女・きつであったという。

惣兵衛は、いつも鼻の頭に汗が浮いている、脂《あぶら》ぎった中年男である。口許に漂う好色そうな笑《え》みを見てもわかるように、女遊びには目がなく、執心の女に買ってやる着物を近江屋で調達するうちに清七とは親しくなった。

日頃真面目な清七を見て、

「商人というものは、遊びを知らないといけませんよ」

とばかりに矢場へ連れていったのが、きつとの馴《な》れ初《そ》めになった。

矢場女は射的《しゃてき》に来た客の世話をするものだが、客の求めに応じて春をひさぐ遊女が多かった。

この〝玉山〟にいる女達もその口で、客と向かい合って座る矢取り女が、片膝を立てて弓矢を渡すうちに、客の方はちらちらと見え隠れする白い脛《すね》に堪らなくなるというわけだ。

矢場では酒を出していないので、客は店に断りいくらか花代を払って外へ連れ出す。

矢場の主は仁助《にすけ》という抜け目のない男で、矢場からほど近い車坂町《くるまざかちょう》に、出合《であ》い茶屋《ぢゃや》を兼《か》ねた料理屋を女房にさせている。

矢場女達はそこへ客を連れていくというわけだ。

清七はきつに誘われてこの料理屋へと入り、そこからは女の手練手管《てれんてくだ》にはまってしまったようだ。

「いや、清七さんは遊び心のない人でしたから。たまにはこんなところにも行った方が、呉服屋という商売柄よいだろうと思いましてね……」

惣兵衛は、彼を訪ねた喜六に、薄くなった髷《まげ》を撫で汗をかきつつ伝えたものだ。

遊び心のない者に、これも修業の内だと女の味を覚えさせ、かえっておかしな方へと行かせてしまった――。

風太郎が何度も見てきた光景である。

惣兵衛は好意でしたことであろうが、連れていく相手を間違えたと言える。

苦界《くがい》に落ちた遊女達にしてみれば、客に惚《ほ》れたと嘘《うそ》をつくのも仕方のないことだ。所詮《しょせん》遊里では、騙された清七の方が馬鹿なのである。きつという女など打ち

捨てておけばよいと思ったのだが、

――とはいえ、どんな女か見てみたい。

そんな想いが風太郎の心を揺《ゆ》さ振った。

そしてこの日、風太郎は奉行所へ出仕《しゅっし》する前にふらりと愛宕下へと出かけたのであった。

喜六には、奉行所での用が済む頃に来るよう伝えておいたので、今は小者の竹造一人が、御用箱が入った風呂敷《ふろしき》包みを背負ってついてくる。

五年前に八丁堀同心であった父が亡くなり、跡《あと》を追うように母も亡くなった。

それ以降はこの竹造と、四十前になる若党の大庭仙十郎《おおばせんじゅうろう》と組屋敷に暮らす風太郎であった。

二人とも親の代から仕《つか》えているのだが、あれこれ騒がず何事も黙々と勤めてくれるので、風太郎は助かっている。

京橋から芝口橋へ向かい、これを渡ると大名小路を抜けて愛宕下の広小路へ。

爽《さわ》やかな風に吹かれてやって来ると、

「春の旦さん……」

通りに出たところで呼び止められた。

上方訛《かみがたなまり》の強いその声の主は若い男だ。

「何でえ礼次《れいじ》かい」

若い男は礼次という上方下《くだ》りの小間物屋である。若いといっても三十に手が届く歳だそうだが、ここ数年見かけがまったく変わらないのは立派である。

小間物屋ではあるが、色白の二枚目であれこれ気転が利くので、この界隈《かいわい》では人気者である。近頃では本業以外の小回りの用を頼まれることも多い。

「上方の粋《すい》より、お江戸の粋《いき》の方がわての性分に合《お》うております」

それで江戸へ下ってきたというわけだが、それでも上方訛が抜けぬところがおもしろい。

〝春野の旦さん〟とは呼び辛《づら》いので〝春の旦さん〟と呼ぶことを許されるほど、礼次は風太郎を慕っていて、このところは風太郎も礼次を喜六の次に情報源としているのだ。

それでも礼次を手先として連れ歩かないのは、

「あの男を連れて歩いたら、おれが女にもてなくなる……」

という理由らしい。

「何ぞ御用の筋でおますか」

礼次はちょっと浮き浮きとして訊ねてきた。

「うむ、好いところでお前に会ったよ。〝玉山〟という矢場を探しているのだが……」

「それでおましたらご案内いたします」

礼次は畏まってみせる。

「さすがに何でもよく知っているな」

風太郎は小さく笑うと、竹造をその場に待たせて礼次の案内で〝玉山〟へと向かった。

「礼次、お前、〝玉山〟に出入りしているのかい」

「へえ、姉さん方に呼ばれて行商に……」

「矢場女にまでもてるとは大したもんだ」

「大したことはおまへん」

「そんなら、きつという女を知っていよう」

「きつ、でおますか……。へえ、よう知っておりまっけど、いよいよあの女、何ぞやらかしましたか」

礼次は道々風太郎の話に耳を傾《かたむ》け好奇の目を向けた。

「ふふ、その口ぶりでは、一筋縄《ひとすじなわ》ではいかぬ女のようだな」

「へえ、それはもう……」

「まず話を聞かせろ」

立ち話も何だと、風太郎は礼次を愛宕山権現《ごんげん》の惣門《そうもん》前に出ている掛茶屋《かけぢゃや》へと連れていき、清七の一件をかいつまんで話してやった。

礼次は唸《うな》り声をあげて、

「それは知りまへんでした。これはわたしとしたことが不覚でおました。そうでございますか、そんなことがおましたんか……」

苦《にが》い顔をした。

礼次の話によると、きつは〝玉山〟では売れっ子の矢場女であるそうな。

〝きつ〟は〝橘〟の字を当てる源氏名で、過去のことはまったく謎であるが、この女の場合は苦界に身を落したというより、苦界に光明《こうみよう》を見出《みいだ》さんと、自ら飛び込んだようだという。

持って生まれた悪性の女で、己《おの》が容姿の魅力を熟知していて、今、男が自分をどんな目で見ているのかを瞬時に察する努力を惜《お》しまず、表情ひとつの変化で虜《とりこ》にしてしまうのだ。

そんな女にかかれば、清七のような女に疎《うと》い優男など、手玉に取るのはわけもなかったであろう。

そしてこの女は、巧《たく》みに男から金を吸い取ってしまう。己が哀《かな》しい身の上を語り、清七からも次々と金を貢《みつ》がせたようだ。清七はそれによって、きつが自由の身になれるのだと思い込んでしまったのに違いない。

それでもきつはというと、

「かわいい兄さんが、せっせと貢いでくれるんだが、小銭ばかりでいけないよ」

などと、周囲の者に洩《も》らしては笑っていて、その声は礼次にも届いていたのだ。

「かわいい兄さん……。今思うと、それが清七という手代でおましたのやな」

礼次は低い声で言うと腕組みをした。

きつは清七を心の内で嘲笑《あざわら》いつつも、一方では、

「もうわたしはお前から片時も離れたくないよ。早くわたしを請《う》け出しておくれな」

などと耳許に甘い言葉を囁《ささや》いていたのだ。小銭ばかりといっても、度重《たびかさ》なれば大金となる。それがいつしか、近江屋から消えた十両に繋がった——。

「あの女は、〝きつ〟の下に〝ね〟の字を入れた方が似合でおます」

礼次は話すうちに、きつに対して大きな憤《いきどお》りを覚えていた。

おかしなところで正義に燃える。そこが礼次の憎めぬところで、この男を、女達の間を泳いで回る嫌《いや》みな小間物屋に思わせないのである。

風太郎はそれでも礼次をからかいたくなり、

「だが礼次、お前はきつが嫌な女とわかりつつ、なかなかよろしくやっているようじゃあねえか。そうでなけりゃあ、そこまで詳しくきつのことを知るわけがねえや」

と、探《さぐ》るような目を向けた。

「とは言ってもお前がきつに入れあげているとは思えねえがなあ……」

「当り前でおます。この礼次はそんな素人やおまへん」

「そんなら、きつがお前に執心しているってところかい」

「まあそんなところでおますな」

「抜け抜けと吐《ぬ》かしやがる」

「男を毒牙にかける不埒《ふらち》な女を、その内にえらい目に遭《あ》わせてやろう、そない思ております」

「なるほど、狐を化かしてやろうてのかい。お前は大した色事師《いろごとし》だ」

風太郎はからからと笑った。

その時であった。

「旦さん、あれがその女狐でおます」

俄《にわか》に礼次が広小路を指さした。

通りの北から一人の女が歩いてくるのが見えた。客を送った帰りの矢場女のようだ。

「あれが、きつか……」

確かになかなか好い女である。滝縞模様《たきじまもよう》の袷《あわせ》に黒襟《くろえり》を付け、地味めに装《よそお》いつつも、むっちりと肉付きの好い体からは艶《あで》やかな色香が溢《あふ》れ出ていた。細面《ほそおもて》の顔には切れ長の目が妖しく潤《うる》んでいて、いかにも男好きのする面相といえる。

しかし、礼次の話を聞くうちに高まってきた女への興味が、風太郎の胸の内で急速に冷めていった。あの雨の日に、清七の骸を見つめていた謎の女を見かけた時の衝撃からはほど遠かったからだ。

まさかあの女がきつだとは思わなかったが、今、惣門の前を通り過ぎた矢場の女ならば、この世には何人もいるであろう。

風太郎の落胆を見て取って、

「まあ、しょうむない女でござります」

礼次は呟くように言った。

きつは、風太郎と礼次の方へは目もくれず、やがて惣門の南側数軒《けん》先の小屋へと入っていった。そこが〝玉山〞という矢場らしい。

「清七も、あれくらいの女のために命を落すとは浮かばれぬな」

風太郎は立ち上がって女を見送ると嘆息《たんそく》した。

「世間の男達は何かというと女に入れあげちまうが、傍で見ていると、その相手ときたら大抵くだらねえ女ときてる……」

喜六の嘆きが聞こえてきそうであった。

「旦さん、〝玉山〞には寄っていきはりますか」

「いや、お前のお蔭《かげ》で大よそのところはわかった。もう寄るまでもねえだろう」

「そうだすか……、きつに会《お》うて一言叱ってやればよろしおますのに……」

そもそも今度の一件はきつが起こしたようなものではないかと、礼次は少し不満げな表情を浮かべた。

だが、風太郎が叱りつけたところで、きつはあれこれ妖術を使って言い逃れるであろうし、その相手をするのも面倒であった。

その上に、近江屋への配慮で、この度の清七の死は事故として片付けているのである。

今さら掘り返すような真似《まね》はしてやりたくない。

「きつの裁きは、礼次に任《まか》せるとしよう」

風太郎はニヤリと笑った。

「お前、その内にきつを、えらい目に遭わしてやるんだろう」

「へえ、それはきっと……」

「そいつを楽しみにしているよ」

「それなら任しておくなはれ」

礼次は整《ととの》った顔に決意を浮かべ、しっかりと頷いた。

――後で近江屋に、きつのことだけは耳打ちしておいてやるとしよう。

あれから近江屋の主・吉兵衛が、風太郎の組屋敷まで訪ねてきて、

「何卒《なにとぞ》よしなに……」

と、袱紗《ふくさ》に包んだ礼の物を置いて帰った。

このように気を遣われると、こちらも穏便《おんびん》に済ましてやりたくなるのは人情

だ。

　吉兵衛にきつのことを伝えたとて、

「くれぐれも清七が騙されたと騒ぎ立てるではないぞ。これはあくまでも不慮《ふりょ》の死だ。そう思って、この後はこれを戒《いまし》めとして、家内を確《しか》と引き締《し》めるようにな……」

　そのように念を押すつもりであったが、

――さて、この先どうなるか。

　風太郎は、大きく息を吐《つ》くと惣門の方を見た。向こうの鳥居《とりい》の奥に、胸を突くような石段が続く男坂と、なだらかな女坂が見えた。

――ここでも男と女か。

　世には滑稽本《こっけいぼん》が出回り、おもしろおかしく男と女が描かれる。思い詰めて若者が身を投げるとはよろしくないが、天下泰平《てんかたいへい》大いに結構である。

「礼次、報せを待っているぜ」

　風に羽織をなびかせて、風太郎は矢場に背を向け、またふらりと歩き出した。

四

その翌日。

愛宕下の矢場〝玉山〟に、恰幅《かっぷく》の好い五十絡みの男が、恐しい剣幕で入ってくるや、

「きつという女はいるか！」

と、強い口調で言った。

男は、近江屋の主・吉兵衛であった。

昨日、吉兵衛は南町奉行所定町廻り同心・春野風太郎から、清七ときつのことを聞かされた。

その際、

「怒りに任せて、事を荒立てるではないぞ」

と、念を押されていたのだが、我が子同然に育ててきた手代の清七が哀れな死に方をしたのは、きつに原因があると知っては、やはり黙っていられなかった。

何よりも、清七は近江屋にとっては上客の青物問屋〝津乃屋《つのや》〟の主・清兵衛《せいべえ》か

ら預かったという経緯があるのだ。

津乃屋は神田多町《かんだたちょう》一丁目にある大店で、清兵衛は江戸市中にその名を知られるほどの商人であった。

預かった時は清吉《せいきち》、元服《げんぷく》して清七となったのだが、〝清〟の字が付けられたところを見ると、清兵衛とは特別な間柄にあったのかもしれなかった。それゆえ吉兵衛は、理由も問わずに預かって大事にしてきたのだ。

その清七を死なせてしまったとは、津乃屋に対しても立場がない。

清七の死を伝えた時、

「お気になさいますな。貴方《あなた》のせいではないのですから」

清兵衛は労《いたわ》るように言ってくれたが、日頃は威厳《いげん》に充《み》ちた大店の主が、一転して悲しみに打ちひしがれていた。

――これで津乃屋さんからの覚えが悪くなれば商いにかかわる。

考えるに憎いのはきつという女ではないか。

気がつくと、吉兵衛は店を飛び出し、愛宕下へと向かっていたというわけだ。

ちょうどその時、まだ矢場には客がきておらず、きつは拵《こしら》え場にいて一服《いっぷく》していた。それで矢場の看板主である仁助が応対に出て、まず吉兵衛を宥《なだ》めた。

「これは近江屋の旦那様でございますか。この度は何と申し上げてよいやら……。お悔みにお伺《うかが》いしようにも、手前共のような者が参りますのはご迷惑と存じまして……」

清七の一件は、御用聞きの喜六からあれこれ問い質《ただ》されて知っていた。困ったことになったものの、ただの事故となれば、とばっちりを受けずに済むと思っていたのだが、

「言っておくが、うちの清七が誤って川へ落ちたのは、お前のところのきつの手練手管《てれんてくだ》に振り回されて気を病んでいたのに違いない。言わば殺されたも同じこと。早《はよ》うきつをここへ呼べ」

吉兵衛は、店の金に手をつけての身投げであることは一切《いっさい》伏《ふ》せつつ、仁助にどうしてくれるのだと詰め寄ったのである。

同じ矢場女のおしのが、射的場にいて仕度《したく》を始めていたのだが、そっと拵え場に入って、

「おきっちゃん、どうするんだい。小父《おじ》さん、大変な勢いだよ」

中でふてくされて煙管《キセル》を使っているきつに囁いた。

「ようく聞こえているさ……。まったく、ちょっと好い男だから相手をしてやっ

たけど、あんな優男に構うんじゃあなかったよ」

きつは溜息をつくと、しばらく鏡で自分の顔を眺めていたが、

「そんならおしのさん、その旦那をここへ連れてきておくれな」

「いいのかい」

「あたしが呼んでると言っちゃあいけないよ、小父さんが、飛び込んでくる……、そんな風に持っていってくれるかい」

「ふふふ、いつもの手を使うのかい」

「そんなところさ」

きつはニヤリと笑った。

矢場などで暮らしていると、こんなことは多々あるのだ。おしのは仁助に合図をしに拵え場を出た。

すると、すぐに土間の方から、

「仕方がありませんね。そうしたら、手荒な真似だけはしないでやってくださいまし……」

仁助のとってつけたような声が聞こえてきたかと思うと、

「ごめん！」

拵え場にずかずかと吉兵衛が入ってきた。

ところがその途端《とたん》、

「こ、これ、何をする……！」

なんと、吉兵衛のうろたえる声が響いた。

勇んで拵え場にいるというきつに会いにきた吉兵衛であったが、そこで目にしたのは、今にも喉《のど》を簪《かんざし》で突かんとする女の姿であった。

吉兵衛は、慌《あわ》ててきつの手から簪を奪い取ろうとして、その細い腕《かいな》を摑《つか》んだ。

「どうぞ、死なせてくださいまし……」

もみ合う内に簪を取り上げられたきつは泣きながら恨《うら》めしそうに吉兵衛を見上げた。

その顔は愁《うれ》いを含み、きつの艶やかさに深みを増していた。

吉兵衛は怒ることも出来ず、息を呑んだ。

「みなあたしが悪いのでございます。どうぞ清七さんの跡を追って死なせてくださいまし。お願いです。その簪でこの胸を一突きに……」

きつはここぞとばかりに狂乱の体《てい》を演じ、胸許をはだけてみせた。

「いきなりお前を突き殺すことなどできるものか……」

思わぬ展開に、吉兵衛はきつを宥めつつも、はだけた胸許からこぼれんばかりである彼女の豊満な胸乳《むなち》に目が吸い寄せられた。

毅然《きぜん》としてこの女に向かい合おうとするものの、今もみ合った時に自分の頰《ほお》に触れたきつの頰のしっとりとした肌の温《ぬく》もりが生々しく蘇《よみがえ》り、吉兵衛の男の血をたぎらせていたのである。

これでは話にならない。

「馬鹿な真似をするではない。お前が死んだとて清七が生き返るわけでもなし、こちらも迷惑だ」

「迷惑……、左様でございましょうね……」

きつは哀切《あいせつ》に充ちた目で吉兵衛を見つめる。

「と、とにかく今日はこのまま帰ろう。だがお前には言いたいことも、聞きたいこともある……。出直すとしよう」

しどろもどろになりながら、吉兵衛は仕方なくその場を引き上げたのであった。

仁助は平身低頭《へいしんていとう》で吉兵衛を送り出すと、拵え場にやってきて、

「また、好い客ができたようだな。しっかりと稼《かせ》ぐがいいや」

きつの肩をぽんと叩いた。その顔には卑《いや》しげな笑みが漂っていた。

ふんと鼻で笑ってみせたきつは、まさしくその名の下に〝ね〟の字をつけるのが似合の女であった。


その数日後、〝玉山〟の仁助に近江屋から遣いの者がやってきて、吉兵衛からの言伝《ことづ》てがもたらされた。

先日はろくに話も出来ぬままに別れたので、仕切り直しをしたい。ついては、矢場でも呉服店でも会うのは憚《はばか》られるので、どこか話の出来るところをそちらで用意してもらいたい。但《ただ》し当方は吉兵衛一人で出向き、手荒な真似は一切しない。その席料はこちらで持つ。そちらが同席をする者の選択も委細《いさい》任せる――。

とのことであった。

早速、仁助は車坂町の女房にさせている料理屋を用意した。

そして、きつ一人を行かせ、その当日は矢場に髪結《かみゆい》を呼んでやり、念入りに化粧を施《ほどこ》すきつを、

「お前も今日が正念場かもしれないねえ」

と、含み笑いで送り出してやったのだ。

きつはというと、念入りに化粧を施したが、それは派手なものではなく控《ひか》えめで素顔の美しさが出る趣《おもむき》とし、着物もござっぱりと地味めに装って料理屋へと向かった。

一方近江屋の吉兵衛は、自分から申し出たにも拘《かかわ》らず、その日は朝から落ち着かなかった。

――いったい何のためにあの女と会わなければならないのか。

自分自身への疑問が、どこか後ろめたさを含んで湧き出てきたのである。

それはやはり、清七を死に追いやったきつを叱りつけてやりたい想いと、清七が自分の知らぬところで何か気に病んでいたのであれば、それを聞いて、配慮が足りないことが自分にあったのなら反省もし、清七の御魂《みたま》に詫びてやりたい、その想いからであろう。

清七は我が子同然に育ててきた。親であれば、息子がどんな女に心を奪われていたか、それを知りたくなるのが人情ではないか。しかし、そのことで周囲の者に心配をかけてもいけない。それゆえに、遣いにやった番頭以外には今日のことは知らせていないのだ。

他の者には仕事仲間の寄合があると言ってあった。

とはいうものの、外出《そとで》にあたって大津絵《おおつえ》があしらってある粋な長襦袢《ながじゅばん》に結城《ゆうき》の対を着ている自分はどこか浮かれている。きつに会いに行くのを楽しんでいるような。

それは吉兵衛の真面目な性分からすると、許しがたい行いなのだが、あの日矢場で見たきつの縋《すが》るような目、豊かな胸乳、甘い香りが五感を刺激して、その真面目を追い払う。

あの女と情を交わしていた清七が、羨《うらや》ましくもあり、妬《ねた》ましくもあった。

——やはり会うのは止めよう。

駕籠が料理屋に着いた時、吉兵衛は大いにためらった。後で番頭を遣いに立てて、店に金を払わせておけばよかろう。そう思ったものの、仁助が指定してきた店の麻暖簾《あさのれん》は目の前にある。

そこを潜《くぐ》ればきつがいる。

——いや、考えてみれば、きつ一人を寄こせと言ったわけではなかった。同座する者はそちらで選べと伝えてあったのだ。

吉兵衛は思い直した。何となくきつと二人だけで会う様子を思い浮かべていたが、向こうも売り物の女を一人で寄こすわけもない。

付き添う者達とも話をつけねばならないのだ。行かねばなるまい。

女の色香に迷わされてつい考え過ぎたと苦笑いを浮かべ、吉兵衛はついに店へと入った。

「これはおいでなさいまし、先ほどからお連れさまがお待ちでございます」

迎えに出たのは仁助の女房であろう。ここで客をとっていたきつを〝お連れさま〟とはよく言ったものだが、吉兵衛は女房の少し〝色〟を含んだ声に、再び浮かれた気分となっていた。

通されたのは二階の小座敷であった。

女房が襖《ふすま》を開けると、そこには唯《ただ》一人で座して自分を見上げるきつがいた。その目はあの日と同じく愁いを含み、物哀しげな表情には構ってやりたくなる色香が漂っていた。

女房がすっと襖を閉めた時、吉兵衛の心の張りが萎《な》えた——。

さらに数日後。

密かに愛宕下の矢場〝玉山〟に出向いた吉兵衛は、二十両の金を支払ってきつを請け出した。

清七が惚れ抜いた女を苦界から救い出してやることが、清七への何よりの供養ではないか。

それが吉兵衛の、自分自身に対する言い訳であった。

五

「それにしても、近江屋の旦那も、いい加減《かげん》な男ですねえ……」

喜六が嘆息した。

その傍らで、竹造がしかつめらしく相槌《あいづち》を打った。

「こんなことになるんじゃあねえかと思ったから、怒りに任せて事を荒立てるなと言ったんだ」

風太郎は祠《ほこら》の濡れ縁《えん》に腰をかけ、呆《あき》れ顔で笑っている。

その前に畏まり、ちょっとばかり得意げな表情を浮かべているのは礼次であった。

四人は今、茅場町《かやばちょう》薬師堂《やくしどう》の内にある山王御旅所の裏手にいる。

市中見廻りに出た春野風太郎を、大番屋前で認めた礼次が呼び止めて、その後のきつの報告をしたのである。

さすがに、きつを裁いてやると意気込む礼次である。その後の細かい事情までよく知っていた。

「清七が惚れ抜いた女を苦界から救い出してやる、それが亡き清七への供養……か」

失笑する風太郎に、

「寝惚《ねぼ》けたことをぬかしてますわ。それでいて仁助には、店の者には言わんようにと口止めしているとか、ほんまに笑わせてくれまっせ……」

礼次は調子よく報告を続けた。

「まあ、近江屋のおっさんでは、きつのええ鴨《かも》でおますな。矢場に怒鳴《どな》り込んだ途端にいかれてしもたというところでおます」

「喉に簪を押し当てて、死なせてくれ、か」

喜六はもう憤っていた。

「そこが喜六親分、あの女のきつねたる所以《ゆえん》ですがな」

「それで、きつは今どこにいるんだ」

風太郎が訊ねた。

「深川《ふかがわ》の清住町《きよすみちょう》に、ちょっと洒落《しやれ》た借家がおまして……」

「そこを近江屋に借りてもらっているのか」

「へえ、なかなかこざっぱりとしております」

「お前、見てきたのかい」

「呼ばれて家に上がって参りました」

「ほう、そいつは大したもんだな」

「今では近江屋の囲われ者でおます。景気のええところに行商に出向くのが商いというものでござります」

礼次は胸を張ってみせた。

「囲われ者……。近江屋はきつを妾《めかけ》にしたってわけか」

喜六が目を丸くした。

「当り前ですがな。どこぞに女を身請けして、家一軒借りてやって、何にもせん男がおりますねんな」

礼次の言葉に、風太郎は愉快《ゆかい》に笑った。

「といっても旦那、親代わりになって面倒を見てきた男の情婦《いろ》ですぜ。それを手前《てめえ》の妾にするなんて、おかしいとは思いませんか」

喜六はむきになって言った。

「親代わりだからこそ、息子の次はおれに任せておけってわけじゃあねえのかい」

「そいつはねえでしょう」

一同は笑い合った。

「それで、気楽で羽振りの好い囲われ者になったきつは、旦那に隠れて小間物屋の色男といいことをしようと、お前を家に引き入れているってわけかい」

風太郎は、感心しながら、礼次を見た。

「敵はそう思うてるかもわかりまへんけど、この小間物屋礼次にも意地がおます」

礼次は涼しい顔をして、

「あんなしょうむない女に籠絡《ろうらく》されて堪りますかいな。まあ、わたしがきつの家に出入りしているのは、あくまでもきつを裁くための方便でおます。あの近江屋のおっさんもついでに裁いてやるつもりですよってに、まずこの先がどないなるか、楽しみに見ていておくなはれ。ほなさいなら、ごめんやす……」

饒舌《じょうぜつ》に語ると、恭《うやうや》しく頭を下げてどこかへ去っていった。

「礼次もおかしな野郎ですねえ。一人で勝手に動き回ってやがる……」

喜六はおめでたい奴だと呆れ顔で見送ったが、

「おれは結構、奴の裁きを楽しみにしているのさ」

風太郎は楽しそうに歩き始めた。

喜六と竹造がこれに従う。

こうして市中を見廻る内にも、さして表沙汰《おもてざた》にはならないが、方々で男と女の小競《こぜ》り合いが続いているのであろう。

どうしてあんな男に惚れたのか。

どうしてあんな女に入れあげたのか。

周囲の者はただ呆れて笑うだけだが、男と女のことは、情を交わした本人同士でないとわからないものなのだ。

だがえてして男は、抜け殻《ぬがら》を抱かされて情を交わしたと思い込むものである。

それが馬鹿らしくもあり、憎めぬところでもある。

「それにしても、〝玉山〟の仁助の奴もひでえもんだ……」

風太郎はやれやれとした表情を浮かべた。

きつの借金は二十両というが、礼次の見たところでは、せいぜいが十両だという。

「まあ、今の近江屋には安い金なのであろうが……」

これが爛熟《らんじゆく》というのであろうか、風太郎の目に迫りくる町の風景は、どれも平和そのものであった。

さて、風太郎と別れ、足取りも軽く町を行く礼次の行き先は深川であった。永代橋《えいたいばし》を渡り、一ノ鳥居を潜って富岡《とみおか》八幡宮へ。小間物の行商とはいえ、大した荷は背負っていない。品数は少なくとも客は礼次の顔さえ見れば文句は言わないものだ。

昼下がりの今時分、きつは境内《けいだい》の露店《ろてん》を冷《ひ》やかしながらぶらぶらしている。礼次にはそれがよくわかっていた。

案《あん》の定《じよう》、八幡宮にはきつの姿があった。さすがに呉服屋の主の妾である。いかにも仕立てのよい小袖《こそで》に身を包み、おっとりと頬笑む姿に道行く男達は目を奪われていた。

矢場女のけばけばしさはほどよく抜けて、きつは成熟した女の落ち着きを見せている。

「いい気なもんだぜ……」

きつの美しさを認めつつも、礼次はどうも割り切れなかった。

きつに惚れて入れあげながらも、清七は十両の金で命を落とした。それでもきつの体を自分だけの物にもできず心も摑めなかった。

ところがきつはというと、吉兵衛に落籍《ひか》されて何不自由なく気儘な暮らしを送っている。そして美しさを増しているのだ。

「とどのつまりは金がすべてということか」

いや、そうではないと礼次は思う。

「おや、礼さん、来てくれたのかい」

きつも礼次に気付いた。

——富岡八幡宮に来たら、己《おのれ》に会いに来たと思いよる。ほんまに嫌な女やで。

しゃなりしゃなりと寄ってくるきつを見ながら、礼次は心の内でそう呟いていた。

とはいえ、きつに会いに来たのには違いなく、

「へえ、そろそろ御用の頃かと思いまして」

などと、小間物屋の顔で応えた。

「とっくに御用の頃だよう」

きつは睨《にら》むように礼次を見つめて、袖を引きつつ妾宅《しょうたく》へと誘った。

そこは大川端の瀟洒《しょうしゃ》な仕舞屋《しもたや》であった。二間続きの奥に台所があり、井戸を挟《はさ》んで小さな離れ屋もある。

先ほど薬師堂で喜六に言ったように、礼次がこの家に上がるのは初めてではないが、いつもながらに食べ散らかした店屋物の皿が部屋の隅に寄せられている。

それを見るにつけ、吉兵衛が来る時だけ、申し訳程度に部屋の内を片付ける、きつの怠惰《たいだ》な暮らしぶりが窺える。

「御用の方を承《うけたまわ》っておきましょう」

礼次は小間物屋の口調を崩さず、上がり框に腰かけて言った。

旦那の留守をよいことに、自分相手に遊んでやろうというきつの本心はよくわかっているが、こうしてじらしてやると、きつも素人女の気分で受身の色恋を楽しめるものだと、礼次は計っているのだ。

「御用はまず、あたしのお酒の相手をすることさ」

礼次の想い通り、きつははしゃぎながら冷や酒の入った片口《かたくち》を用意して、うっとりと礼次の目許を見つめてきた。

とろんとしたきつの目には吸い寄せられるような妖しい魅力が溢れていた。さすがの礼次も、酌《しゃく》をしながら思わず抱き寄せてそれを味わいたくなる衝動にかられる。

きつの方も、男の気持ちがどう動くかはお見通しなのである。

――そやけど、この礼次をその辺の男と同じように思いさらすな。

礼次はきつの視線から目をそらすと、きつが小ぶりの有田焼《ありたやき》の茶碗《ちゃわん》に注《つ》いだ酒を飲み干して、

「さあ、お酒は済みました。次の御用を伺いましょう」

またも出入りの小間物屋に戻る。

「御用、御用……、役人みたいに言わないでおくれよ」

きつは拗《すね》てみせる。

「そんなこと言うたかて、わたしは小間物屋でっさかいに、御用聞きに伺《うこご》うております。間男と思われたら困りますがな」

「ふふふ……」

きつは艶然《えんぜん》と頬笑んだ。その目はただの間男になってくれたらよいのだとはっきり言っている。

「そんなら、またこの次に来てもらうために、何か注文しようかね」

「おおきにありがとうございます」

「あたしに似合いそうな簪を……」

「おきつさんにお似合の簪……。胸を突いても血の出んような簪がよろしいのでは」

「馬鹿だねえ……」

二人は笑い合った。

「近江屋の旦那さんは、今でもおきつさんがほんまに死ぬつもりやったと思てはりまんねやろうなあ」

「何をお言いだよ。あの時、あたしは死ぬつもりだったのさ」

「ああ、これはすんまへん……」

「ふふふ、あのお方は好い人さ」

「ええ人？　親代わりやった清七さんの想い人と一つ枕で寝ているのが、ええ人でおますか」

「意地悪を言うんじゃないよ」

きつは軽く礼次の二の腕をつねると、

「近江屋の旦那様は、あたしを地獄から助け出してくださった救いの神さ。神にこの身を捧《ささ》げるのは当り前じゃないか。でもねえ、あたしは人だ、女だよ。人にも寄り添いたいじゃあないか」

礼次の肩にもたれかかった。

——都合のええことぬかしてけつかる。

礼次は惑《まど》わされるものかと心を引き締めた。

大身上《おおしんしょう》の近江屋の主にひとつ勝るものがあるとすれば、たやすく女の色香にのせられぬことだ。そして、それが男の何よりの値打ちだと礼次は思っている。

「近江屋はんには足向けて寝られまへんなあ」

「そうだね……」

「足は向いてまへんけど、お尻《いど》が尾張町に向いてまっせ」

「また意地悪を言う」

きつは礼次にからかわれて彼の体から離れると、

「言っておくけどねえ、こんな話を飾らずにできるのは礼さんだけなんだよ……」

今度は目を潤ませながら見つめてきた。見事に空涙《そらなみだ》が出るものだと感心しな

がら、

「わかっております。それゆえわたしが身に飾るもんをお届けに上がっているわけで……」

　と、礼次はきつを笑わせておいて、

「それにしても、おきつさんお一人では、何かと大変でおますなあ」

　散らかった部屋を見廻してつくづくと言った。

「そうなんだよ。おさんどんを一人置きたいとは思っているのだけどね」

　きつは悪びれずに嘆いてみせた。

「おさんどん、それはよろしいな。あれこれ家のことなどしていたら老《ふ》けこみまっせ」

「といってもねえ、旦那が嫌がるかもしれないし、おあつらえ向きなのがいるかどうか……」

「それならちょうどええのがおりまっせ」

　礼次は身を乗り出した。

「わたしの知り人が母親を残してころっと逝《い》ってしまいましてね。かわいそうなのは身寄りのない年寄りですがな。今は近所の者に助けられて細々《ほそぼそ》と暮らしてますねんけど、家のことくらいなら一通りはできますし、ほんにおあつらえ向きや」

「そうかい。礼さんがそういうなら役に立ちそうだ」

「人助けやと思て、使《つこ》てやっておくなはれ。おきつさんが頼んだら、旦那はんも嫌とは言いまへんて」

「それはまあ……」

きつはにこやかに頷いた。

婆《ば》ァやの下女を置くくらいなら、奥の離れ屋に住まわせて、飯を食わせてやるくらいで済む。何といっても、煩《わずら》わしい家のことをせずともよいのだ。

「わかったよ。そんなら連れておいでな」

「ほんまでっか」

「礼さんの頼み事だから聞くんだよ」

きつは恩を着せておくことも忘れない。

「おおきにありがとうございます。おきつさんは年寄りを助ける救いの神でおますなあ」

礼次はきつの手を取って無邪気に喜んだ。

こうされるときつも嬉《うれ》しくなる。力強くその手を握り返した。

「そしたら、簪とおさんどんと、すぐにお届けしますよってに少々お待ちを。ごめんやす」

礼次はきつから手を放すと、勢い込んで妾宅を出た。

「ちょっと礼さん……。まったく忙しい人だねえ」

またもすかされた気がしたが、礼次の嬉しそうな顔が目に焼き付いて、きつは心を和ませた。

もう男を手玉に取らずとも、じっくりと色恋を楽しめる身分になったのだ。きつにとって礼次はその内の一人であるのだから、今はまだ無理に引き留めることもない。

しかし、それが礼次の自分への裁きの手始めであることを、さすがのきつとて知る由《よし》もなかったのである。

六

礼次は三日の後に、早速下女を連れてきた。

名をお常《つね》という。

礼次が言うこととてその場で引き受けたものの、よれよれの老婆を連れてきたらどうしようかと一抹《いちまつ》の不安を抱《かか》えていたきつであったが、一目見て安心した。

いささか腰は曲がっているものの、身なりも継ぎの当っていないこざっぱりとした物を身につけているし、物言いも立居振舞《たちいふるまい》も万事控えめで、いつも俯き加減で目を合わせてこないのも妾宅の下女としては悪くない。

歳は六十の手前であろうか、いずれにしても婆ァさんであるから、幾つでもよかろう。

その日から働いてもらうことにした。

近江屋吉兵衛には寝物語に許しは得てあった。

お常は、きつが囲われ者で、しかも礼次にちょっかいを出そうとしている事情を呑み込んでいるようで、

「ほんにありがたいことでございます。お目障《めざわ》りにならぬようにいたしますので、ご用がございましたら、これでお呼びくださいまし」

床に額をすりつけるように挨拶《あいさつ》をしつつ、稲荷《いなり》の狐形の土鈴《どれい》を差し出した。用がある時の他は引っ込んでいるので、何かあれば鈴を鳴らしてくれと言うのであ

る。

「ふふふ、小母《おば》さん、こんな物を用意してくれたのかい」

きつは満足であった。

お常はすぐに奥の一間へ引っ込んで、きつを礼次と二人にしてくれたのである。

しかし、せっかくお常が気を利かせたというのに、礼次は持参するはずの簪がこれといった物が見つからなかったので、

「申し訳ございまへん。すぐにお探しいたしますので、今日のところはまた出直して参ります……」

と、あたふたと帰ってしまった。

「まあ、こっちは質を取ったからいいとするか……」

きつは早速土鈴を鳴らした。

いざ働かせてみると、お常はこの上もなく便利であった。

朝起きると、もう朝餉《あさげ》の用意は出来ている。

吉兵衛が来る日は、何言わずとも掃除が行き届いていて、突然来たとて酒肴《しゅこう》をあり合わせの物で調《ととの》えてしまう。

しかも、お常は努めて吉兵衛にも、きつにも顔を合わせぬようにしたから、

「まるで式神《しきがみ》がいるようだ」

と、吉兵衛もすっかりと気に入ってしまったのだ。

——さすがは礼さんだ。何事にも気が利いている。

きつはほくそ笑んで、それからしばらくの間上膳据膳《あげぜんすえぜん》の暮らしを楽しんだ。

とはいえ、肝心《かんじん》の礼次は相変わらず特別な簪を求めて方々に出向いているとかで、それからまったく顔を見せないのが不満ではあったが、

「こっちは婆ァさんを質に取っているんだ。そのうち呼び出してやればいいさ」

と、きつはしたり顔であったのだ。

「お前はほんとうに、その名の下に〝ね〟の字をつけたがお似合だ」

矢場〝玉山〟の主・仁助は、きつによくそんな言葉を投げかけてきたものだ。

——ふん、狐になれるのなら本望だよ。

天は自分を人の形をした狐としてこの世に送り込んだのかもしれない。

いっそそのように思い込む方が、短い女の一生を過ごすに痛快ではないかとさえ思う。

仁助とて吉兵衛から二十両をふんだくっているが、きつの借金などもうとっく

の前に済んでいるのだ。

それでも矢場女を続けたのは、これという金蔓《かねづる》が見つからなかったからである。

——あたしが狐なら、あのおやじは狸《たぬき》じゃあないか。

いずれにせよ、もうあんな腐《くさ》ったところに戻ることもないのだ。仁助がこの先、生きていようが死んでいようがどうだってよい。

「近頃はご機嫌がよいようで……」

髪結の巳之助《みのすけ》が、きつの肩に手を置いて耳許で囁いた。

日頃は吉兵衛の髪を結っているのだが、この日きつは自分のために呼びつけていた。

女たるもの、自分で髪を結うか、女髪結を呼ぶべきではあるが、きつは男の髪結を好んで使っていた。

この巳之助は、男振りにおいては小間物屋の礼次に劣るが、ちょっと苦味走った江戸前の風情があり、きつはそこが気に入っているのだ。

礼次がいなければ、その間はこの巳之助をからかっておけばよい。

「巳之さん、世の中は楽しいことだらけだねえ」

きつはそう言うと、肩にある巳之助の手に自分の手をそっと重ねた。

鏡越しに巳之助の顔が紅潮していた。明らかに動揺しているのがわかる。きつは男が変化する瞬間を見るのが好きであった。時に哀れで馬鹿らしく、時にかわいくてならない。

「また明後日に来ておくれ。その時はゆっくりしていってくれたらいいよ」

きつは意味ありげな頰笑みを向けてから巳之助を帰すと、浴衣《ゆかた》から着物に着替えた。

巳之助の歩む足は、今頃しっかりと地には着いていまい。そう思うと笑いが込み上げてきた。

ふと見ると、いつの間にかお常が脱ぎ散らかした浴衣と帯をたたんでいる。巳之助がいる間は買い物に出て、帰った頃合を見て家へ戻ったのであろう。

——ほんによく気が利くことだ。

きつは感心して、

「あんたを置いて先に死んじまった息子は、親不孝だねえ」

珍しく声をかけてやった。

俯き加減のお常の顔が、姉さん被りの下で笑ったように見えた。

何の気遣いもいらない下女の存在は、きつをさらに美しくしていた。

この日は、矢場で一緒だったおしのと芝居《しばい》見物に堺町《さかいちょう》へと出かけることになっていた。

家を出ると爽やかな秋空が広がっている。

堺町まではさのみ遠くない。気候に浮かれてきつはしゃなりと歩く。

時節は文政《ぶんせい》の御世《みよ》である。天下泰平を謳歌《おうか》するがごとく、往来《おうらい》を人が行き通う。

新大橋から濱町《はまちょう》河岸《がし》へ。嫌というほど男達からの視線を浴びて堺町に着くと、通りはますます賑《にぎ》やかだ。

おびただしく流れゆく物と金――。

その一握りも要《い》らない。一かけらを拾い取るだけで、女一人は楽な暮らしが出来るのだから、物と金を動かす男の傍《そば》に寄っていればよい。近くに寄るほど、懐からぼろぼろと金を落してくれるというものだ。

「おいでなさいまし……」

芝居茶屋の女中が、きつを見て飛び出してきた。慣れた手付きで心付を握らせると、きつは茶屋の内へと入った。おしのは既に来ているようだ。

それから十日ばかりが経って、近江屋吉兵衛は商用の旅に出て、しばらく江戸を空《あ》けた。

きつにとっては願ってもないことだが、こんな時こそ日参してもらいたい小間物屋の礼次は相変わらず行方《ゆくえ》が知れない。

退屈さに、きつは友達のおしのの家へ、二、三日泊りに行くことにした。

かつては愛宕下の矢場〝玉山〟で共に勤めたおしのも、今では本所《ほんじょ》の薬種問屋の主に落籍されて、亀戸天満宮《かめいどてんまんぐう》門前にすまいを得ていた。

「もしも旦那が早く帰ってくるようなことがあれば報せておくれな」

そう言い置けるお常がいるので、外出もしやすかった。

「承知いたしました」

お常はこんな時も気が利いていて、さっさときつの泊り仕度を調えると、駕籠を呼んで送り出した。

そして、清住町の妾宅には、お常一人が残った。年寄り一人ではいささか心細かろうに、お常はてきぱきと立ち働き、吉兵衛の来訪に備えた。

すると、きつが出かけた翌日の昼間に、ひょっこりと吉兵衛がやって来た。

近江屋には、まだ三日ばかりかかると報せておいて、ここでゆっくりときつとの逢瀬《おうせ》を楽しもうと思っていたらしい。

五十歳になった今日まで、真面目に商いに取り組んできた吉兵衛であったが、まったくの堅物《かたぶつ》でもなかった。店の主として、一通りの遊びも知り、付き合いをまっとうしてきた。

しかし、女を囲ってそこへ通うような手間暇のかかることを、自分がするとは思ってもみなかった。しかも、我が子同然と内外に言っていた清七が入れあげた女である。それが因で清七は店の金に手を付け身を投げて、清七の仇《かたき》、許せぬ女と矢場に怒鳴り込んだのが馴れ初めであるとは、余りにも決まりが悪過ぎる。

それでも、世間的には清七の死は事故によるものとなっているし、きつの存在もほとんど知られていない。

自分が怒鳴り込んだ一件も勘違《かんちが》いであったし、あの日車坂町の料理屋の一室できつを抱いてしまったのも、互いに愛すべき者を亡くしたことで狂うほどの動揺に見舞《みま》われての弾《はず》みであったと思っている。

その結果、自分は責めを負って、きつの面倒をこうして見ているのだ――。

心の内でそう割り切ってみると、ここへ通うのが何と楽しいことであろうか。

きつの体は、いつも吉兵衛の体に吸いつくように全身が波打ち、甘い喘《あえ》ぎ声は耳を、香《こう》と汗が入り混じった匂《にお》いは鼻を、白くふくよかな裸体は目を……、彼の五感をすべて刺激するのだ。

今度の旅の間も、夜中に寝床できつを思い出すと、年甲斐《としがい》もなく己が股間が疼《うず》くのを覚え、どれほど戸惑ったことであろうか。

それゆえに、きつの不在をお常に報されて、いささか肩すかしを食らわされた想いがしたものの、三日もゆっくりと出来るのだ。

「あまり早く呼び返してやるのもかわいそうだ。慌てなくても、後で遣いをやればいいさ……」

と言って、お常に酒肴を調えさせて、日が高いうちから一杯やり始めた。

「それにしても、お前さんは何でもよくできる人だねえ」

一杯入ると、吉兵衛はほろ酔いに気分もよく、少しの間、お常相手に飲みたくなった。

思えばお常が来てから、この家の内はいつも気持ちよく保たれている。

それなのに、吉兵衛はお常と言葉すら交わしたことがなかったのだ。

「若い頃は、さぞかし男に言い寄られたってところかい」

お常に酌をされ、吉兵衛はそんな軽口をかけてみた。

「いえ、今でも殿方は言い寄ってくださいます……」

するとお常が洒落た言葉を返してきた。初めて耳にするお常の若やいだ声であった。

「ははは、これはいい。そうかい、今でも言い寄る男はいるか……。そいつはすまなかったね」

吉兵衛は大笑いした。

しかしよく考えてみると、吉兵衛もきつも、お常にはまるで興味がなかったから、ただの年寄りの下女という認識しかなかったものの、思いの外《ほか》歳も若いのかもしれない。

いつも地味な着物に前掛けをして、小腰を屈《かが》めて家事に努め、姉さん被りの下から覗く顔はまるで化粧っ気がないゆえ、どうにも女を感じぬが、確かに若い頃は男が放っておかなかったのかもしれない。

吉兵衛は座興《ざきょう》を思いついた。

「よし、それなら今も男に言い寄られているお前さんに、今回は付き合ってもらうとするか。さあ、これがその衣裳だよ」

吉兵衛は、きつのためにと仕立てさせて持ってきた着物を風呂敷包みから取り出した。藍《あい》色にねずみがかった御納戸《おなんど》色が実に渋好《しぶごの》みの紬《つむぎ》である。

「旦那様、それはなりません。まだおかみさんがお手を通されてもいないお召《め》し物ではありませんか……」

お常はとんでもないと頭を下げた。

「いいんだよ。この着物がどれだけ人を変えるか。これも座興だ。きつの帯をどれでもいいから合わせて着てみるがいいよ。これも呉服屋の修業のひとつだ」

吉兵衛は、有無《うむ》を言わさずお常に着物を持たせた。

吉兵衛の言い付けには逆《さから》えず、お常は、きつが寝間と衣裳部屋にしている隣室へと着替えに入った。

吉兵衛は上機嫌であった。

我ながらおもしろい座興を思いついたものだ。着替えて出てきたお常が楽しみであった。

——存分にからかってやろう。

しかし、吉兵衛をこの時、えも言われぬ甘美な感覚が襲った。婆ァさんをからかってやろうという悪戯《いたずら》な想いではない、妙に心の内が浮き立ち華やいでいるのだ。

それは明らかにお常の体から放たれた異性の輝きであった。

日差が急激に陰ってきた。

「では、お酌をさせていただきます」

お常の声が聞こえた。若やぎが、さらに艶を増している。

吉兵衛は、手ずから行灯《あんどん》に火を灯《とも》した。

やがて、その明かりに照らされて、お常が隣室から姿を現した。

「な、なんと……」

吉兵衛は思わず、手にした盃《さかずき》を取り落した。

そこには、お常とはまったく別人の、熟した色香がしたたり落ちそうな女が立っていて、吉兵衛に妖しく頰笑みかけていた。

美しく施された化粧は、白粉《おしろい》も紅《べに》もしっとりとした肌と一体化して、何よりも品格に溢れていた。形よく通った鼻筋の先端は、ほどよく丸みを帯びていて、唇はぽってりとして口許に哀愁を漂わせている。

黒々と冴《さ》えた目から放たれる謎めいた光には、この世のありとあらゆる神秘が籠められているような気がした。

逢《あ》ってはならぬ女に逢ってしまった――。

吉兵衛は己が本能の叫びに領ぜられ、しばし木偶《でく》のようにお常をじっと見つめていた。

七

町の方々から法華《ほつけ》の太鼓《たいこ》の音が聞こえる。

日蓮上人《にちれんしようにん》が弘安《こうあん》五年（一二八二）十月十三日に入寂《にゆうじやく》したという縁起《えんぎ》から例年行われる〝御命講《おめいこう》〟は八日から十三日まで続く。

小間物屋礼次が、きつを裁きにかけてやると意気込んでから一月《ひとつき》ばかりが経っていた。

すっかりと太鼓が鳴り止んだこの日、南町奉行所定町廻り同心・春野風太郎の組屋敷に日暮れて礼次がやってきた。

きつと近江屋の裁きをつけたゆえに、その報告をしたいと昨日伝えてきたのだ。

「ご苦労だったな。聞かせてもらおうではないか」

風太郎は、この日を楽しみにしていたから少し改まった物言いで礼次を迎え、若党の大庭仙十郎と、小者の竹造、手先の喜六も同席させて、礼次の裁きの結末を聞いたのだが――。

「何だって？　近江屋のおやじは、きつからそのおさんどんの小母さんに乗りかえた……？　何だそれは……」

話の中《ちゅう》で、たちまち喜六が目を丸くして口を挟んだ。

「おかしな話じゃあねえか。とどのつまりはなんだ。ちょっと色っぽい年増女が、婆《ばば》ァのふりをして家の中にもぐり込んで、近江屋を口説く機会を窺ったってことか。これがいってえどんな裁きだってえんだ」

礼次の報告を楽しみにしていたのは喜六も同じで、それがこんな結末では得心《とくしん》がいかないのだ。

喜六のいつもながらにむきになる様子がおかしく、風太郎はニヤリと笑って、

「近江屋は、お常に乗りかえたことで、きつを捨てたというわけだな」

と、礼次に言った。

「へえ、そうでおます……」

おしのの家から戻ったきつは、家財道具が運び出され、閑散《かんさん》としている家の様

子を見て驚いた。

おまけに、家には〝玉山〟の主の仁助が座っていて、吉兵衛からの言伝てをきつにもたらしたのである。その内容は、

「このところ、近江屋の旦那の夢枕に、清七さんが立つそうだ。それで恨めしそうに、きつは達者にしておりますか……、などと言うんだとよ。旦那はすっかり参っちまって、やはりお前をこうして面倒見ていると、世間の目も気になるし、清七も浮かばれまい。かくなる上はおきつのことは思い切り、清七さんの冥福《めいふく》を祈って回向《えこう》するつもりだと言いなすってなあ……」

というもので、仁助はその際に預かったという当座の金五両をきつに手渡すと、

「もう一度、おれの矢場で働きたくなったらいつでもきておくれ……」

抜け目のない言葉をかけ、そのまま立ち去った。

きつは、俄に起こった身の転変に言葉も出なかったという。

「吉兵衛というのは、どこまでもふざけたおやじでやすねえ」

これには喜六も失笑した。

仙十郎と竹造も楽しそうだ。

「お前、その場を見ていたのかい」

風太郎が続けた。

「へえ、そっと覗き見ておりました」

「仁助はきつに幾ら渡した」

「五両でございます」

「五両……。吉兵衛が仁助に預けたのは……」

「へへへ、十両でおます」

「ふふふ、そんなことだろうと思ったよ。だが、その時のきつの顔を見てみたかったもんだぜ。男を手玉に取っていると思っていたら、何が何やらわからぬうちに、家から放り出されたのだからな。ひどく鼻柱を圧《へ》し折られたってところだろう。どうだ喜六」

「へい……、確かにきつは裁かれましたが、近江屋のおやじの裁きがまだついちゃあおりやせん。礼次、これじゃあお前が、色ぼけおやじに新しい女を世話しただけじゃあねえか」

どうにも得心がいかない喜六であったが、礼次はしたり顔で、

「近江屋の裁きはついたも同じだす」

「どういうことだ?」

「あのおっさん、おさんどんに早速、新しい家を借りてやりました」

「忙しいことだぜ」

「今、おっさんの頭の中は、お常という女のことでいっぱいでおます。きつにしてやったことより、もっと金も手間もかけよります。そこでさっとお常がおらんようになったらどないだす。おっさんは腑抜《ふぬ》けになってしまいますわ。これが何よりの裁きでございます」

「何を言ってやがる。年増の一人がいなくなったところで、近江屋くれえになりゃあ痛くもかゆくもねえや」

「また新しいのを見つけたらしまいや……、そう言わはりますねんな」

「そうだよ。男なんてものは、女は新しいほど好いってもんだ」

「ところがこのお常という女、そんじょそこいらのお常とは違いますのや」

礼次は意味ありげに笑ってみせた。

風太郎の目に光が宿った。

「礼次、まさかその女、白比丘尼《しらびくに》のおつねか」

「さすがは春の旦さん、お目が高《たこ》うござりまする……」

「そいつは大変だ……」

白比丘尼——千年の歳を経た狐に与えられた人魚を食べたことで、不老不死の美しさを得た尼の伝説がある。女は三十九度にわたり嫁に行ったという。

今日《こんにち》まで白比丘尼は、幾つになっても容色が衰えぬ巫女《みこ》をさして色里の中に語り継がれてきた。

そして、おつねという女が現れる。

おつねは、大坂新町《おおざかしんまち》の芸妓《げいぎ》であった。歌舞音曲《かぶおんぎよく》から諸芸に通じ、家事全般もこなせる名妓として知られ、大坂の豪商達にかわいがられたが、おつねを我が物にしようという男達の達引《たてひき》が過熱を極め、密かに江戸の隠れ里へと身を移した。

おつねを見知っていた江戸の豪商達は、おつねを巡る争いの愚を避《さ》け、彼女を向嶋《むこうじま》のとあるところに庵《いおり》を建て、合力《ごうりき》して江戸に留《とど》めつつ、時におつねの伽《とぎ》を受けた。

これによって豪商達は心の疲れを癒《いや》された。

言わば、おつねがいることによって江戸の商いは輝きを保たれてきたのだ。

そしてこのおつねは、六十を過ぎても容色がまるで衰えず、ますます艶を増す。

ゆえに、白比丘尼のおつねとして、知る人ぞ知る存在となったのだ。

風流好みの風太郎はこれらの噂を知っていたが、白比丘尼の由縁《ゆえん》を聞かされたとて、喜六、竹造、仙十郎の三人には想像だに出来ぬ話である。

それでも、下女のお常が実はとんでもない女であったというのはわかる。

風太郎は大いに感じ入って、

「白比丘尼のおつねが、お前の裁きを助けてくれるとはなあ……」

唸るように言って礼次をじっと見た。

礼次は少し決まり悪そうな表情となり、

「申し訳ございまへん、偉そうに裁きやとか申しましたが、今度のことは、おつねはんの仇討ちに助太刀《すけだち》をしたというのがほんまのところでございます」

「仇討ち？　お前の言うことはますますわからねえ……」

喜六は首を傾げた。

「実はここだけの話にしてもらいたいのでございますが、清七さんは、おつねはんの息子でございます……」

礼次の言葉に風太郎は息を呑んだ。あの雨の日、元柳橋の袂で見かけた謎めいた女こそ、白比丘尼のおつねであったのだ。

「ただ一度だけ、おつねはんは子を生《な》しました。青物問屋の清兵衛の旦那はんとの間の子でおました……」

清兵衛は、他の旦那衆を気遣い、拾い子として奉公人に育てさせた後、清吉と名付け近江屋吉兵衛へ預けたのだと礼次は語った。

「なるほど、仇討ちか……」

風太郎は合点がいった。恐らくそれが、我が子に何ひとつ母親らしいことをしてやれなかった白比丘尼のおつねの、唯一の供養であったのであろう。

きつを身ひとつで放り出し、玄人女《くろうと》の矜持《きょうじ》をずたずたにして、吉兵衛には、もう二度と抱けぬ最高の女の味を覚えさせた上で突き放すという生き地獄を与えたのだ。

「近江屋吉兵衛ごときでは、おつねの傍には一生近寄れねえ。もう何年も生きられねえってえのに、この先は、どんな女を相手にしても満足できねえってことかい」

風太郎は太い息を吐きながら礼次を見た。

礼次は神妙《しんみょう》な面持ちとなって頷いた。

「こいつはほんに生き地獄だ……。それにしても小間物屋、白比丘尼のおつねの許に出入りしているとは、お前もそっちの道では大した顔だなあ」

風太郎は、一転して明るい声をかけると、立ち上がって礼次の肩を叩いた。

――つねの字の上に〝き〟をつけたが似合の女か。

庭から空を見上げると、風太郎の脳裏に、傘の下から清七の亡骸《なきがら》をじっと見つめていた女の姿がなまめかしく、凄《すさ》まじいものとなって思い出されてきた。

六十を過ぎている女が、あのような姿でいられるとは――。

「礼次、おもしろい裁きであったぞ」

少し改まった口調の風太郎に、礼次は深々と頭を下げた。

夜空に雨雲が広がり始めた。

「ふふ、また一雨きそうだぜ……」

「今度は近江屋のおやじが川に浮かぶんじゃあねえでしょうね」

喜六の言葉がその場を笑いで締め括《くく》り、それからは酒となった。

翌朝から降り始めた雨は二日降り続き、また快晴の空が戻った。

この間に吉兵衛の水死体が川から上がることはなかったが、風太郎は見廻りの中に、近江屋に立ち寄ってみた。

清七の一件でうまく立廻ってくれた春野風太郎を、店の者達は忘れておらず、番頭の伊左衛門《いざえもん》が、顔を見るやとんで出てきた。

風太郎は気遣い無用と手で制し、店先の上がり框に腰をかけて店の中を見廻した。

吉兵衛の姿は見えない。

「主殿は息災《そくさい》か……」

風太郎は伊左衛門に問うてみた。

「はい、息災ではございますが……」

どうも歯切れが悪い。

「何ぞあったか」

「いえ、それが、俄に隠居なさいまして……」

番頭の話では、この数日の間、吉兵衛は商売熱心であった以前とは打って変わって、腑抜けのようになってしまったという。そして昨夜、自分は隠居すると言い出して、離れの一室に籠《こも》り、写経などを始めたらしい。

「ただ今、これへ呼んで参ります」

伊左衛門はそのように言ったが、

「いや、それには及ばぬよ。主は確か五十であったな。ここの若旦那はしっかり者だと聞く、それもよかろうよ」

また来ると言って風太郎は店を出た。

この世には女という快楽があることを知り、遊びに目覚め、最高の快楽を知ってしまったがために生きる気力を失う。

「それでも人目《ひとめ》からは楽隠居か。結構だな……」

風太郎は、喜六と竹造に告げると大きく伸びをした。

ふと見ると、向こうの方から、いかにも朴訥《ぼくとつ》そうな職人風とその後から少し遅れて付いて歩く女の二人連れの姿があった。

二人は風太郎を認めて小腰を屈めて通り過ぎたが、女の顔に見覚えがあった。きつである。彼女の体からは、妖しげな色香が消えてなくなっているように思えた。

男を騙すことで世渡りを覚える。そして金品に見放されて真の恋を知る――。

「いやいや油断はならぬ。女には狐が交じっているからな。恐《こ》わい、恐わい……」

風太郎は、風に吹かれてふらふらと歩き出した。空は冬晴れ。当分雨も降らぬであろう。

藤原緋沙子

かえるが飛《と》んだ

著者・藤原緋沙子《ふじわらひさこ》

高知県生まれ。立命館大学文学部史学科卒。小松左京主宰の「創翔塾」出身。二〇一三年には、「隅田川御用帳」シリーズで第二回歴史時代作家クラブ賞シリーズ賞を受賞。著書に「橋廻り同心・平七郎控」(祥伝社文庫)「藍染袴お匙帖」「見届け人秋月伊織事件帖」シリーズの他、『百年桜』『番神の梅』『花鳥』など多数。

一

坪庭に雪見灯籠《どうろう》が置いてある。

その光が、灯籠の周りに広がる深緑の苔《こけ》と、苔にしなだれるように枝を伸ばしている柔《やわ》らかくて淡《あわ》い緑色のシダの葉を照らし出している。

そして水路のように蛇行《だこう》させて敷《し》き詰《つ》めた庭砂利《じゃり》には水が打ってあり、坪庭が醸《かも》し出す清らかな静けさは、この世のあらゆる喧騒《けんそう》やしがらみ、憎しみや憤《いきどお》りや、さまざまな煩《わずら》わしい感情から、いっとき解き放してくれるように思えてくる。

富田屋利兵衛《とみたやりへえ》も先ほどから、坪庭に目を奪《うば》われたまま静かに息を整《ととの》えている。

二階の客間からは、酔客のはしゃいだ声が微《かす》かに聞こえてくるが一向に気にならない。この部屋にいると別世界、外と隔絶《かくぜつ》された特別の空間のように思えてくる。

元町《もとまち》にある小料理屋『松《まつ》の井《い》』のこの坪庭は、利兵衛には一番の気に入りだ。

今日は久しぶりに会う友との会食に、利兵衛は一も二もなく松の井を指定したのであった。

「すまぬ、待たせたな」

俄《にわ》かに廊下に立った足音に利兵衛が振り向くと、奥田織之助《おくだおりのすけ》が入って来た。

「いやなに、この庭を眺《なが》めていれば、おぬしを待つ時間もまた楽しだ」

利兵衛は、笑《え》みをたたえて織之助を見迎えた。

「そうだった。以前ここに参った時に、確かこの坪庭は、先代の女将《おかみ》が、当時江戸在府だった京の庭師に作らせたものだとか言っていたな」

織之助も、坪庭の方に歩み寄ると、利兵衛の横に肩を並べて庭を眺める。

四十路《よそじ》も半《なか》ばになった二人の顔に、坪庭の灯籠の灯《ひ》が映りこむ。

刹那《せつな》、二人の脳裏には、過ぎた年月が巻紙を捲《めく》るがごとく現れては過ぎて行く。

二人は、誰もが認める刎頸《ふんけい》の友。遠い昔、お玉《たま》が池の一刀流の道場に共に通い、昌平坂《しょうへいざか》の学問所に勤める教授の家で勉学にいそしんだ仲だった。

そう、富田屋利兵衛という男は、その昔、御家人御徒目付《おかちめつけ》舘岡半兵衛《たておかはんべえ》の次男坊で、永四郎《えいしろう》という者だったのだ。

いずれは何処《どこ》かに養子に出される身分であったが、まさか商家に養子に入るなどという事は頭の中にはなかった。

ところが先代富田屋利兵衛が多額の縁組金を積んで永四郎の父に膝詰《ひざづ》め談判したことで養子話は成立し、急遽《きゅうきょ》永四郎は富田屋の一人娘お千代《ちよ》の婿《むこ》となったのだった。舘岡家の台所が当時火の車だったたという事だ。

次男坊の永四郎に、父の決めた縁談に異を唱《とな》えることなどできるはずがない。

「いいじゃないか、貧乏御家人よりはるかに裕福な暮らしが出来るのだ。羨《うらや》ましいぞ」

友人の一人にはそんな言葉を貰《もら》ったが、養子に入ってから二十五年、永四郎は先代の名跡を継《つ》いで名を利兵衛と改め、お千代との間に生まれた倅《せがれ》の清之助《せいのすけ》も、この正月で二十四歳、あと一息で利兵衛の人生も一区切りというところまできている。

一方の奥田織之助は、父親の代から勘定方《かんじょうかた》に勤めていて、織之助自身も現在支配勘定として出仕している。

織之助には娘が三人、まもなく長女には婿をとるつもりだと聞いている。

「お待たせいたしました」

間もなく、女将が仲居と膳《ぜん》を運んで来て、二人はしつらえられた座に向かい合って座った。

「桜もまもなく終わりでございますね」

女将は愛想《あいそ》を振りまいて二人に酌《しゃく》をすると、

「本日はご覧のとおり、初筍《はつたけのこ》を焼いてございます。中には海老《えび》を練《ね》りいれております。そしてこちらは白魚《しらうお》です。わさびをつけて醬油《しょうゆ》でおあがりくださいませ」

「女将、これは……」

織之助が、椀《わん》に入った黄色い塊《かたまり》を指して訊《き》いた。

「そちらは利休卵《りきゅうたまご》と申しまして、白胡麻《しろごま》と卵を練り合わせ、薄く味付けして蒸したものでございます」

「なるほど、すると利休さまがこれをお茶会などでいただいていたということかな」

「さようでございます。口当たりが大変よろしいと皆さんおっしゃいます」

「そしてこちらは菜《な》の花のおひたしだな」

織之助が楽しそうに椀を覗《のぞ》く。

「はい、うちは押上《おしあげ》村のお百姓《ひゃくしょう》さんに頼んで、どこよりも先に旬《しゅん》のものを届けてもらっているのですよ」

「ほう、どれもこれも楽しみじゃな」

「まだまだ、焼き物、煮物とお持ちします。ゆっくりとお召《め》し上がりくださいませ」

女将は言いおくと、仲居たちを連れ、静かに引き上げて行った。

「まずは一献……」

利兵衛は織之助と見合って盃《さかずき》を傾《かたむ》けた。

次に箸《はし》をとって、順番に口に運んだ。

しばらく二人は舌鼓《したつづみ》を打っていたが、

「して、おぬし、今日は何か話があったのではないのか……」

利兵衛は盃を膳に戻すと、織之助を見た。

今日誘ったのは利兵衛ではなく織之助の方だったのだ。

「うむ、なに、おぬしは道場で一緒だった西尾蔵之助《にしおくらのすけ》を覚えておるな」

織之助は箸を置いて言った。

「忘れるものか、卑怯《ひきょう》な奴、武士の風上に置けぬ男だ……」

利兵衛はいまいましい口調で言ったが、すぐに苦笑した。織之助と話すと、つい商人の分限を忘れたもの言いとなる。

もう二十数年も昔の話だが、永四郎が富田屋の婿に入る少し前に、旗本二百石、田村平太郎《たむらへいたろう》の妹美郷《みさと》をめぐって果し合いを行った相手が西尾蔵之助だったのだ。

美郷はおちゃめなところがあって、兄の平太郎が道場に稽古《けいこ》に来るのにくっついて来て、熱心に見学していた。

皆の憧《あこが》れの的となり、永四郎も蔵之助も強く心を奪われていったのだった。二人の美郷への執心《しゅうしん》は誰の目にも明らかだった。

やがて、美郷は永四郎に気があるらしいという噂《うわさ》がどこからともなく聞こえてきて間もなく、永四郎は蔵之助の待ち伏せを食らった。

「勝負しろ!」

蔵之助は木剣を二つ摑《つか》んでいた。

その一本を永四郎に放り投げると、

「負けた方が美郷どのから身を引く、いいな」

有無《うむ》を言わさぬ言葉を投げつけると、すぐ近くの神社の境内《けいだい》に入って行った。

道場の外での決闘果し合いは禁止されていたが、永四郎も引き下がる訳にはいかなかった。

いやむしろ、それは願ってもないことだと思ったのだ。

正式に蔵之助と道場で立ち合ったことはなかったが、道場内で蔵之助の剣筋は良く見ている。自分の剣が蔵之助の剣に劣《おと》っているとは考えられなかった。

勝負は火を見るより明らかだと蔵之助について行くと、なんとそこには蔵之助の仲間が三人、木刀を手に、股立《ももだ》ちを取り襷《たすき》を掛けて待ち受けていたのである。

「やっ、だましたのか」

蔵之助を振り返ったが後の祭りだった。

「身分を考えろ、生意気な奴！」

よってたかって永四郎はさんざんに打ち据《す》えられ、頭上に蔵之助の一撃が落ちるその時、織之助が師範代を連れて駆《か》けつけてくれたのだった。

蔵之助は破門になった。一方の永四郎も道場禁足三ケ月を言い渡された。

苦々しいのはその後のこと、美郷はぴたりと道場に現れなくなった。まもなく永四郎も富田屋に入ることになり、美郷への未練を断った頃、なんと蔵之助が美郷を妻にしたと噂に聞いた。

蔵之助の身分は旗本三百石、御家人の次男坊である永四郎が元から立ち向かえる相手ではない。

幾重にも受けた屈辱《くつじょく》は、利兵衛となっても胸の奥に澱《おり》のように未《いま》だある。

利兵衛にとって蔵之助という名は、生涯口に出したくもない名前だった。

「おぬしは聞いていないだろうが、あの男、長崎奉行にくっついて支配組頭として先年長崎に行ったのだ」

織之助の声には微かに蔑《さげす》む色が滲《にじ》んでいる。

長崎に赴《おもむ》けば、家禄《かろく》の高に御役料三百俵、御役金百両、家族の引っ越し金二百両と多額の金が支給される。

長崎勤務となった者は、お奉行ばかりか配下の者まで、一生気ままに暮らせるほどの金を手にすることができると聞いている。

嬉々《きき》として長崎に赴いた蔵之助の顔を、織之助は頭に浮かべているのだろう。

だがすぐに、織之助は険《けわ》しい顔を向けた。

「ところがあの男、長崎で遊女に溺《おぼ》れて心中騒ぎまで起こしたのだ」

「何……」

ちらっと、蔵之助の妻になった美郷の顔が頭をかすめた。

織之助はそれを悟《さと》ったのか、

「美郷どのは長崎には同行しなかったようだ。どういう理由でそうなったのかは知らぬが、奴は単身で行った」

「………」

「蔵之助が女を求めたのは仕方がないとしてもだ。奴は御奉行に次ぐ高い地位にありながら、いつのまにか商人たちに取り入られ、接待漬けで遊女屋に日参するようになっていたのだ……」

そして蔵之助は事件を起こした。遊女は死んで蔵之助は生き残った。

「心中事件の真相は分からない……だがな」

遊女とはいえ人ひとり死んだのだ。風紀の上でも見過ごされる筈《はず》がない。第一、配下の者たちに示しがつかない。

蔵之助は即刻江戸に召還されることとなった。評定所で裁かれれば蟄居謹慎《ちつきょきんしん》、或《あるい》はお家断絶を言い渡されることは必定《ひつじょう》。

「ところが……」

織之助は、利兵衛の顔をきっと見て言った。

「奴は江戸に戻る道中で亡《な》くなった」

「まことか……」

かつて憎しみを持った相手とはいえ、あっけない結末に利兵衛は驚きを隠せない。

「病死となってはいるが、跡取《あとと》りもいなかったし、養子縁組もまだしていなかったから家は断絶した。美郷どのは実家に戻っているらしいぞ」

「そうか……」

利兵衛は応《こた》えようが無かった。

美郷のことは頭から追い払い、富田屋利兵衛として生きて長い年月が過ぎている。今の美郷の姿をかき集めようとしても出来ない虚《むな》しさがある。

話はそれで途切れた。

二人はしばらく黙って酒を飲み、肴《さかな》をつっついた。

だが、酒のおかわりを頼んだところで、織之助が「実はな……」と改めて利兵衛を見た。

「つい先月のことだ。浅草寺《せんそうじ》で美郷どのに会ったのだ」

「美郷どのに……」

「こちらも供を連れているし、むこうも女中が供をしている。少し立ち話をしただけだが、おぬしの話になってな。美郷どのは、やはりおぬしに心を寄せていたのだと分かった」

「まさか……」

心の中が騒《ざわ》めいたが、利兵衛は平静を装《よそお》った。

「美郷どのは、幸せに暮らしてきたようには見えなかったな」

織之助の言うのには、美郷はやつれてひとまわりも細くなっていたという。夫を亡くして悲嘆にくれているというのではなく、これまでの暮らしに疲れて憔悴《しょうすい》しきった、というような衰《おとろ》え方だったようだ。

利兵衛の胸は痛む。

織之助は口を噤《つぐ》んだ。利兵衛の表情を確かめてから、また話を継いだ。

浅草寺で見た美郷は、髪に艶《つや》もなく、鬢《びん》には数本の白髪になりかけた赤茶けた髪の毛が見えていた。

いや、それればかりではない。化粧はしていたが、頬《ほお》も薄く、表情の乏《とぼ》しいひとになっていた。

毎日何が忙しいのだか、西へ東へと友達との付き合いに出かけて行く自分の女房と比べても、美郷には格段の衰えがみえたのだ。

「道場に来ていた頃は天真爛漫《てんしんらんまん》、いつも輝いていたひとだったのに、浅草寺で会った時には、名前を呼んで確かめたくらいだ」

「亭主を亡くしてやつれない女房がいるものか。それに、歳を重ねれば若い頃の美貌《びぼう》など皆失っているものだ。織之助、お前だって鏡を見てみろ。俺もそうだが、衰えは隠すことはできぬよ」

利兵衛はさらりと言ったが、内心は激しく動揺していた。

初めて熱烈な想いを寄せた女子《おなご》の衰えなど想像したこともない。利兵衛の頭の中にある美郷は、今でも道場に通っていた時代の美郷だった。

美郷にはあれ以来会うこともなかったが、名前を呼んで確かめたというほど変わりはてているとは、利兵衛にはどうしても信じられなかった。

「確かにな、哀《かな》しいが皆老いる……」

織之助はぽつりと言うと、笑って盃を飲み干した。だがすぐに、

「ただ俺は、ふと思ったのだ。家格や、おぬしが次男坊だという身分を脇に置いて話をすれば、おぬしは美郷どのと一緒になっていた筈だとな……」

「仮定の話をしても仕方がないことだ。織之助、美郷どのなら再縁の口には困るまい。再嫁して今度こそ幸せになってほしいものだ」

「そうかな……」

織之助は利兵衛の目に問いかけるように苦笑した。

利兵衛は、手にある盃の酒をぐいっと呷《あお》ると、

「そうだよ。それに、美郷どののことは昔のことだ。終わったことだ」

ふっきるように言った。

「すまぬ。余計なことを言ったかな」

「いや、いいんだ。おぬしにはこれまで心配をかけてきたからな」

「ハッハッ、そうだよ。おぬし何時《いつ》だったか言ったろう……倅に嫁を貰って店を譲《ゆず》れば、女房と別れて人生やりなおしたいと……」

「ただの気まぐれだ。夢想にすぎぬ」

利兵衛は苦笑した。

女房のお千代とは、跡取りの倅清之助が十歳の声を聞いてまもなく同衾《どうきん》を拒《こば》まれた。

先代利兵衛が亡くなって半年を過ぎた頃だった。

利兵衛は、富田屋の仕立てをしていた、お針子のおまつという女を囲った。

おまつはお千代と違って従順な女だった。何一つ欲を出す訳ではなく、利兵衛

が訪ねるのを、じっと待っていてくれるような女だった。

利兵衛が織之助に、女房と別れて、などという話をしたのは、丁度おまつの体に夢中になっていた時だったようにも思える。

しかしそのおまつとも、近頃は疎遠になっている。

おまつを抱いている自分のどこかに、美郷の面影を追っている事に気づいたからだ。

途端《とたん》に虚しい思いに包まれて、おまつから遠ざかっていったのだった。

ただ、手当だけはついこの間まで渡してきている。自分のために他家に嫁する機会を逃《のが》したおまつにたいする詫《わ》びのつもりだった。

「まっ、おぬしの人生だ。好きにするがいいさ」

織之助は、明るく笑って利兵衛の盃に酒を注《つ》いだ。

二

その頃、利兵衛の女房お千代も、友達のお歌《うた》とおいねと三人で、柳橋《やなぎばし》の小料理屋『鼓《つづみ》』で食事をしていた。

三人の前に出されているのは会席膳、青菜の吸い物に刺身二種の盛り合わせ、小鯛《こだい》の塩焼き、筍と昆布を煮た物などが載っていて、それぞれの膳にはお銚子《ちょうし》と盃。こちらも宴会の真っただ中だ。

お歌というのは蠟燭《ろうそく》屋の女房、おいねは小間物《こまもの》問屋の女房、三人とも似たり寄ったりの規模の商人の家、しかも若い頃には一緒にお稽古ごとをした仲間だから、遠慮したり隠したりしなくてもいい間柄だ。

話は最初は着物のこととか寺参りに花見、他所《よそ》の内儀のうわさ話に花を咲かせているのだが、最後には亭主や姑《しゅうと》の話となる。

「ねえ、ところでお歌さん、お姑さんの具合はどうなの……もう床《とこ》についてから随分《ずいぶん》になるでしょう」

訊いたのはおいねだった。心配しているようでその目は何かを期待しているように笑っている。

「ええ、そうなの。もう歩けなくなってしまいましたね。でも、食事だけはちゃんと摂《と》るんですからね。私たちと食べる量はかわらないもの」

「あらいやだ。それじゃあ、おしもの世話が大変じゃない」

おいねは顔を顰《しか》めた。

「でも、食べないで、とも言えないしね。亭主も見ているし……」

お歌も困りきったというような顔で答える。

「老耄《ろうもう》はしていないの？」

お千代が訊く。

尋ねながらも飲むのは途切れが無い。これは三人とも同じだ。

「してますよ。さっき話したことをころっと忘れていますからね。食事をしてるのに、まだ食べてない、食べさせて貰えない、なんて亭主に告《つ》げ口《ぐち》するんですよ」

「お気の毒ね。良く我慢してるじゃない」

お千代が言うと、今度はお歌が、おいねに尋ねた。

「おいねさんだって、旦那のお妾《めかけ》さんのことで大変だったんでしょう……」

こちらも訊きながら、その目は興味津々で笑っている。

「ええ、やっと決着つけてやりましたよ。手切れ金を渡しました。頭にくるでしょう……お店の繁栄は夫の力だけじゃないでしょ。私が頑張ってきたから、これまでに大きくなったんです。それを主面《あるじづら》して、俺の手柄だなんて大きな顔して女をつくるなんて、私は辛抱《しんぼう》できないんですよ」

お歌はくつくつ笑うと、

「お千代ちゃん、どう思う……お宅《たく》はだまって女を囲わせているんでしょ」

今度はお千代に視線を向ける。

「だって」

お千代は、ぐいと盃を傾けると、

「女をあてがわなかったら私が困るもの。私、もうあの人に触《さわ》られるのは身震いがする」

お千代は、両手で自分を抱いて震えてみせる。

「欲張りよ。元はお武家さまだったんでしょ。うちの亭主なんかと比べると、見《み》目形《めかたち》、何をとっても好ましいのに」

「私たちはしぶしぶ夫婦になったようなものだから」

「そうかしら」

お歌は、にやりと笑って、

「祝言《しゅうげん》が決まった時、お千代ちゃん、自慢してたわよ。好ましい人だって……」

「言わないわよ」

「言ったわよ。私も聞いている」

おいねも言った。

お千代は、ふっと笑って盃をもてあそびながら、

「実はね、あの人には、忘れられない人がいるんですよ」

「まあ……」

お歌は大げさに驚いて見せ、おいねと顔を見合わせた。

「今まで黙っていたけどそうなんですよ。分かるでしょう。長い間暮らしていると夫の心が本当はどこにあるのか……」

「まさか、囲っている女の人のこと……」

お千代は首を横に振った。

「あきれた。じゃあ他にも女の人がいるってことなの……」

お歌は言い、おいねと深いため息をつくと、

「女ってくやしいわね。外につばめでも作ってごらんなさい。不義だ何だって罰《ばつ》を受けるけど、男が女を囲っても誰もとがめやしないんだから。そんな事ならお千代ちゃん、密《ひそ》かに外につくればいいじゃない」

そそのかすように言った。

「興味ないわ、そんな事、私は女は卒業したと思ってる。今は清之助が立派に店

を継いでくれればそれでいい。清之助が跡を継げば、薄情なようだけど、もうあの人は用済みだもの。私は夫が亡くなったあとが楽しみなんです。お伊勢《いせ》さんはじめ、全国を旅してまわって……」

そう言いながらお千代は心の奥に虚しい風が吹いているのを感じている。

「可哀想《かわいそう》なお千代ちゃん……」

お歌が目頭を押さえる。

おいねは、お千代の盃になみなみと酒を注いで慰《なぐさ》める。

「お千代ちゃん、たんと飲みなさい。ぱーっと憂《う》さを晴らさなきゃあ」

するとお歌が、二人の顔に問うように言った。

「そうそ、下駄《げた》問屋『松葉屋《まつばや》』さんを知っているでしょ。あの夫婦、以前から仲が悪いって評判だったのよ。そしたら昨年、旦那さんが病で倒れて、動けなくなったんですよ。何をするにも女房の手を借りなくてはならない。私も一度お見舞いに行きましたよ。そしたら、その時、おかみさんがこんな事を言ったんですよ」

お歌は一拍置いて二人の関心を確かめてから、

「お歌さん、私ね、亭主にはさんざん苦労をさせられました。その亭主に今また大変な苦労をさせられているんです。それも当たり前のような顔して。すまんなのひとことも言ってくれないんです。だから私、この間、亭主が水をくれって私に頼んでいる声を聞いたんだけど、聞こえないふりしてやったのよって……」

三人は苦笑した。

ささやかな妻の抵抗だが、果たしてそれで気持ちが晴れるものだろうかと、ふとお千代は利兵衛の顔を思い浮かべた。

「旦那さま、大変でございます」

木綿《もめん》の仕入れの算段を番頭の庄五郎《しようごろう》としているところに、手代が慌《あわ》てた顔で入って来た。

「なんだね、今少し待ちなさい。番頭さんが明日伊勢に旅立つのだ」

利兵衛は手代を叱《しか》った。

木綿の仕入れは仲買人を入れることもあるのだが、伊勢木綿については直接伊勢の織屋と商《あきな》って来る。

木綿は、撚《よ》りや織《お》りが命である。

それを知った利兵衛が、自分の代になってから現地に足を運ぶようになったのだが、これが功を奏して、富田屋の木綿は一級だという評判を得、木綿問屋の名を不動の物としているのだ。

「ですが、柳橋の親分さんが若旦那のことでお見えで……」

手代はおそるおそる告げる。

「何、清之助が……」

そういえば、昨夜は顔を見なかったなと不安がよぎった。するとそこへ、

「おまえさん、清之助が番屋に留め置かれているって親分が……」

お千代が青い顔をして入って来た。

利兵衛は立ち上がってお千代と店の表に向かった。

柳橋の親分というのは、柳橋で女房に居酒屋をやらせている善蔵《ぜんぞう》という十手持《じって》ちのことである。

富田屋があるこの大伝馬《おおでんま》町《ちょう》あたりも親分の縄張りで、時々見廻《みまわ》りに来ている顔見知りだ。

「これは旦那……」

善蔵は慇懃《いんぎん》に頭を下げた。

利兵衛が元武士だったということも知っての上だが、善蔵はこれまで何かと協

力的だ。

「倅が何をしたのです……」

「へい、人を殴《なぐ》って怪我《けが》をさせたんですよ旦那」

「何……」

大人しい清之助が喧嘩《けんか》をしたとは、俄かには信じられない利兵衛である。

「あれは幼い頃から虫も殺せないような軟弱《なんじやく》な男だ」

「それがですね、米沢町《よねざわちよう》の煙草《たばこ》屋の倅で伊之吉《いのきち》っていう男をさんざんに殴りつけているところを、あっしが行き合わせましてね。二人を米沢町の番屋に連れて行きやした。ところが伊之吉の怪我がひどいので医者に連れて行ったんです。そしたら煙草屋の旦那がやってきて、このままじゃあすまされないっておっしゃるもんですからね。伊之吉の目元が紫色に腫《は》れ上がっているのを見て親が仰天《ぎようてん》したって訳ですよ。何とか話し合いで始末をつけなくちゃあ清之助さんは大変なことになる、そう存じまして……ちょいと御足労願えやせんでしょうか」

善蔵は、富田屋の暖簾《のれん》に傷がついてはと案じて急いで来てくれたようだった。

「分かった、すぐに行く」

案じ顔のお千代に送られて、利兵衛が善蔵と番屋に向かうと、清之助は番屋の奥の板の間に正座して待っていた。

着物は泥で汚れ、髪は乱れて、清之助の白い頬に落ちている。

膝の前には番屋の者が出してくれたお茶があったが、清之助は手をつけずに座り続けていたようだ。

「いったい何があったというのだ」

番屋に上がって清之助の前に座った利兵衛は訊いた。

「おとっつぁんに偉そうな口をきかれたくありません」

清之助は俯《うつむ》いたまま言った。

「何！」

利兵衛は驚いて、思わず大きな声を出した。

いつの間に親に反発するような口をきくようになったのか――。

「まあまあ、清之助さん。心配して来てくれたんじゃありませんか。これから先の談合は、向こうの親が出張《でば》ってきたのですから、こちらも旦那が出なくては決着をみることはありやせんぜ。なぜこうなったのか、親父さんに話してください」

「…………」

「下手をするとただではすまぬぞ、清之助！」

利兵衛の声に清之助はびくりとし、やがてこう言った。

「深川《ふかがわ》の、『奈良屋《ならや》』の女郎を、あいつ、だまして金を巻き上げたんだ。それを返してやれと言ってやったんだ、それだけだ」

「お前は……岡場所に行っていたのか？」

利兵衛は驚いた。

そろそろ嫁を決めなくてはと思っていたが、倅が女郎屋に通っていたなどと露《つゆ》知らなかったのだ。

番頭の庄五郎に従ってよく店の商いのことも勉強し、

「若旦那はもう大丈夫、ひととおりの事はきちんとできます。立派に跡を継がれます」

庄五郎からそんな言葉を聞いていた矢先のこと、利兵衛は耳を疑った。同時に、既《すで》に大人の男の体になっている倅の性のことが頭になかったことは、父親として不覚だったとしかいいようがない。

清之助の話によれば、伊之吉はもみじという女郎と身請《みう》けすると約束し、期待と安心をさせた上で、もみじが貯《た》めていた五両の金を借りたまま返さないのだという。

清之助はその話を、女郎のみどりという女から聞いたのだ。

気の毒な話だと思ったが、その時は伊之吉にどうこうしようなんて気は起こらなかった。ところが昨夜、清之助は伊之吉とぱったり両国《りょうごく》で会ったのだ。

それで、みどりから聞いたと伝え、もみじに金を返してやれ、女郎が細々と貯めた金を奪うなんて恥ずかしくないのかと、つい強い口調で言ったのだ。伊之吉はそれで殴りかかってきたのだという。

「やっぱね。富田屋さん、悪いのはむこうですよ。ですが、怪我をさせたのは清之助さんのやり過ぎだ。どうでしょうか、なにがしかのお金、いやなに、治療費程度でいいんですが、負担していただければ、あっしが話をつけやすよ。女郎を騙《だま》した話をすれば、あっちもそれ以上のことは言えませんからね」

善蔵は言い、自信のある顔で頷《うなず》いた。

三

「どうです……清之助さんは落ち着きましたか」

柳橋にある善蔵の女房がやっている居酒屋に入ると、善蔵が待っていて、開口一番そう言った。

「ありがとう。親分のお蔭《かげ》で毎日精を出しています」

利兵衛は小座敷に上がると礼を述べた。

小座敷は二つ、あとは樽《たる》の椅子《いす》が十ほどの小さな店だが、掃除が行き届いていて小奇麗な店だった。

まだ客の混む時刻には半刻《はんとき》（約一時間）はあり、職人姿の男が一人見えるが他に客はいなかった。

「旦那さま、亭主がいつも目をかけて頂きまして……」

善蔵の女房が酒を運んで来て愛想のいい顔をみせて下がると、善蔵が真顔になって、

「旦那、話はつきやした。治療代一両で決着です」

「それはありがたい、恩にきます。私は五両は言ってくるかもしれないと思っていました」

「何、脅《おど》してやったんですよ。女郎の金を使い込んで返してないんですからね。清之助さんの事が言えた義理かと……。伊之吉こそ後ろに手が回るぞとね」

「確かに、酷《ひど》いことをする」

「一人息子で伊之吉も跡取りです。甘やかしたんですな。五両の金も女に返してやるように言っておきました」

「これでほっといたしました」

利兵衛は懐紙に包んだ一両を善蔵の前に滑《すべ》らせた。

「旦那、いけませんや。これはあっしの仕事なんですから」

善蔵は突き返す。

「いや、これは私の気持ちですから……清之助が何がどうあれ、人を殴るなんてことをするなどと考えてもみませんでした。親分さんじゃなかったら、今頃どうなっていたか、私も倅に説教をしたところです」

「旦那……」

善蔵は言いにくそうな顔で言った。

「あっしも今度のことで深川の岡場所に行ってきやした。二人の女郎に会ってきたわけですが、清之助さんとなじみになったみどりという女郎は、こんなことを言っておりました……清さんが伊之吉さんを殴ったのは、もみじさんのこともあったんでしょうが、このところ、面白くない、家には帰りたくないんだ、なんて言っていたから、それも原因じゃあないのかしらとね」

「はて……」

利兵衛は腕を組んだ。心当たりはなかった。すると、

「家にいたって寂《さび》しいんだと……親父もおふくろも、みんなばらばらで……私は幼い頃から家庭のあたたかみを感じたことはないんだとね」

「！………」

利兵衛は驚いていた。

何につけてもお千代との噛《か》みあいがうまくいかない利兵衛だが、かと言って、お千代が口うるさくつっかかってきても、大声で怒鳴《どな》ったり叩《たた》いたりしたことは一度も無い。

だが、家庭の中に温かい空気が流れているかというと自信がない。

お千代も自分も、清之助を大切に思って育ててきたことは間違いないのだが、日々の暮らしの中で清之助が感じていたものは、平穏をとりつくろっている両親への不満だったという事か。

「どこにだっていろいろありやす。うちの娘だって親に反発ばかりしておりやすよ。ただ、清之助さんはうちの娘とは違います。普段表に出さない分、傷ついて

いたのでしょう」

「恥ずかしいことだ。いや、いろいろとありがとう」

礼を述べて膝を起こしたその時、

「旦那さま、すぐにお戻りくださいませ」

女中のおみよが呼びに来た。

「どうしたのだ……」

まさかまた清之助が何かしでかしたのかと思ったが、

「おかみさまが倒れました。今玄庵《げんあん》先生を呼びに行ってますが、意識がありません」

「旦那！」

善蔵の声に押されるようにして、利兵衛は急いで店に戻った。

「おとっつぁん」

清之助が待ち受けていた。

「どうだ、おっかさんの具合は」

居間に走りこむと、玄庵がお千代の脈を診《み》ていた。

「先生……」

利兵衛は、目をつむっているお千代の顔を見てから玄庵に向いた。

「安心なされよ。命はとりとめた」

「ありがとうございます」

ほっとしたのも束《つか》の間《ま》、

「ただし、今度発作《ほっさ》を起こしたら、命の保証はありませんぞ」

玄庵は険しい顔で告げた。

「発作を起こしたらって、何か兆候があるのですか」

「頭痛がしたり胸が苦しかったりと、本人は気がついていた筈です」

利兵衛は頷いた。

「それともう一つ、手足が不自由になるかもしれませんな」

「すると、自分で歩いたり、物を摑んだりできないということですか」

「そうです。常に付き添《そ》いが必要となるでしょうな」

「おとっつぁん……」

清之助もおろおろしている。

「まあもう少し様子をみましょう。どれぐらい、どこに不具合が出てくるか……

それより、あんまり心の負担をかけないことです。平穏な日々が暮らせるように考えてやってください」

何かあればすぐに参りますからと、玄庵は帰っていったが、利兵衛も清之助も番頭も途方にくれた目で顔を見合わせた。

「ちょっとこちらへ」

利兵衛は女中のおみよに、お千代の看護を頼むと、清之助と番頭を隣室に誘った。

「お千代は、もう昨日までのような暮らしは出来ないようだ。そこで、これからの事を決めておきたい。店のためにも、お千代のためにも……」

清之助と番頭の顔を見た。

「まずはお千代の治療だが、この店でというのはお千代の気持ちもおちつかぬ。それで番頭さんに頼みたいのだが、向島《むこうじま》で小さな家を探してくれませんか」

「分かりました」

「それと、これは清之助のことだが、お前も今年で二十四になった。妻《めと》を娶ってお千代を安心させてはくれないか。実は日本橋《にほんばし》の呉服問屋『大和屋《やまとや》』のおきよさんはどうかと言ってくれる人がいてね。お前に話そうかと考えていたところなんだ」

清之助の顔をじっと見る。

「………」

「おきよさんという娘は、ずいぶんと気立ての良い人だと聞いている。大店《おおだな》の娘さんだ。立ち居振る舞いも申し分なさそうだし、大和屋は大奥《おおおく》や水戸《みと》家に出入りを許されているお店だ。この先、きっとこの富田屋の力になってくれるに違いない」

「それは良いお話です。おかみさんもどんなにお喜びになるかしれません」

番頭の庄五郎も口を添える。

利兵衛はこの話を持ち出すのが不安だった。岡場所の女に心を残して妻を娶れないのではないかと思ったのだ。

だが清之助は、思案していた顔を上げると、こくりと頷いてみせた。

「おっかさんがこうなったのも、私が心配をかけたからかもしれない。おっかさんが喜んでくれるというなら……」

「そうかい、これで私もほっとした」

「ただし……」

清之助は父親をじっと見た。

「おとっつぁん、おっかさんの側には、おとっつぁんがついてあげてくれますね」

「むろん、毎日顔を見に行く」

「いえ、そうではなく、側にずっとついていてほしいんです」

「何……」

利兵衛は一瞬言葉を失った。

清之助は真顔で利兵衛を見詰めている。

利兵衛は息一つついてから言った。

「おっかさんがそれがいいというのならそうするが、かえって気がしんどいのではないか」

「そんなことはありません。お願いです。私も妻をもらって、店のことに心血を注《そそ》ぎます。番頭さんもおりますし、大事なことは、おとっつぁんの許可をいただくようにいたします。ただ、おっかさんは……おっかさんはひょっとして、長くはないかもしれません」

清之助の声は震えていた。

「清之助……」

「最後ぐらいは、一緒にいてやってほしいんです。私の願いでもあります」

清之助は、これまで見たこともないような真剣な顔をしていた。

向島の仕舞屋《しもたや》への引っ越しは、それから一月ほど先の五月晴れの日であった。

お千代の病の後遺症は、右手右足が不自由になったことと、言葉がはっきりしゃべれなくなっていたことだ。

それでも清之助の祝言が決まったと知ると、涙を流して喜んだ。

お千代の介護には、利兵衛と女中のおみよ、それに作助《さくすけ》という初老の下男とが常時付くことになった。

店の方は清之助が番頭の庄五郎と力を合わせて営むことになり、台所女中は大和屋からおきよが連れてくることになった。

祝言を挙げる前にお千代を店から出して向島に移したい。せめて嫁に負担をかけたくないと、利兵衛は急いで引っ越しの手筈を整えたのだった。

お千代の着物が入った箪笥《たんす》や鏡台など、常に親しんで使っていたものは全て仕舞屋に移し、お千代の寝床も、畳を八枚重ねて積み上げ、その上に布団《ふとん》を敷いた。

お千代が立ちやすいように、また介抱しやすいように、玄庵の忠告も取り入れたのだった。

「どうだ、居心地はよさそうか……」

利兵衛が尋ねると、お千代は嬉《うれ》しそうに頷いた。

だが夕食の時、お千代は癇癪《かんしゃく》を起こした。

右手は物を摑むことができない。箸を持つのを左手にかえ、または木匙《きさじ》で掬《すく》って食べる訳だが、豆腐料理を箸で食べようとして下に落とし、

「ああ」

お千代は箸を放り投げたのだ。

「おかみさま……」

おみよがすぐに拾い上げ、別の箸を手渡そうとしたのだが、それも手で払いのけたのだ。

「お千代……」

側で見ていた利兵衛は歩み寄ると、

「よし、私が食べさせてやろう」

おみよから箸を取り、なれぬ手つきで茶碗《ちゃわん》のごはんをつまんでお千代の口に持

って行く。

「さあ、食べねば元気になれぬぞ」

だがお千代は、険しい目で利兵衛をにらみつけたのである。

「どうした、もう食べないのか……」

「………」

お千代は顔をそむける。

「お千代……」

「ほんとうは、う、う、うんざりしているんでしょ」

お千代は言う。

聞き取りにくい発音だが、なんとか理解できる。

「そんなことはない」

つい利兵衛は強い口調で言った。

「わ、わたしなどうっちゃって、お、お、女のところに……」

「お千代！」

おみよが側にいるのもおかまいなしのお千代の言葉に、利兵衛もつい声を荒らげた。

「わ、わたしと一緒にな、なってこう、後悔して」

「してない」

「う、うそ、うそです」

——ああ、また始まった……。

このところ突然始まるお千代の変貌《へんぼう》に、利兵衛は愕然《がくぜん》として見詰める。

「おかみさま、今日は桜餅《さくらもち》を頂いています。それをお持ちしましょうね」

おみよは台所に向かうと、桜餅を二つ、お茶と一緒に運んで来た。

「さあ、おかみさま」

お千代は迷っているように見えた。

ちらと利兵衛の顔を横目で見た後、左手で桜餅を摑み上げると美味《おい》しそうに食べ始めた。

わがままできつい女だったことには間違いないが、病に倒れたことで、だんだんお千代が壊れて行く。

——こんな事がいつまで続くというのだろうか……。

利兵衛は、夢中になって桜餅を食べ、お茶を飲むお千代を眺めて、暗澹《あんたん》たる気持ちになった。

利兵衛はお千代が眠ったのを見届けると、煙草盆を持って庭に出た。

庭には藤の木が一本植えられていて、一尺（約三十センチ）ほどの藤色の花をつけている。

月光に照らされた藤の花は、少し寂しげに見えたが、甘い藤の香りが辺りに漂《ただよ》っていた。

静かだった。大伝馬町の店の辺りに比べると、ここは世俗とはかけ離れた土地である。

――しかし、これで俺のもくろみは潰《つい》えた……。

利兵衛は縁側に座って思った。

久しぶりに煙管《きせる》を取り出し、煙草を詰め、静かに煙をくゆらしてみる。

その煙の行方《ゆくえ》を追いながら、

――清之助に嫁を貰い、隠居の身となれば、お千代とは別の世界で生きて行きたい……。

その夢は霧消《むしょう》したのだと思った。

まさかこんな展開になろうとは考えてもみなかった利兵衛である。

互いに心を通じ合わせてきた夫婦ならば、こうした暮らしにもまた違った感慨もあるのだろうが、今の利兵衛には、ただ失望だけが横たわる。

思えば、富田屋に婿入りした理由が、舘岡家が抱えていた借金を無くすためだったのだから、最初からうまく行く筈がないのだ。

しかも相手は町家の娘、一緒になって数年は、暮らしの中のひとつひとつがことごとく違うのに面食らった。

先代利兵衛が助け船を出してくれなかったら、とっくに富田屋を出ていたかもしれないのだ。

歳月を重ねるにつれ、利兵衛はお千代のことよりも、商いにのめりこんだ。

番頭の庄五郎とさまざま策を練り、それが世の中に認められて屋台骨が大きくなるたびに、商いの醍醐味《だいごみ》とはこういうことだと興奮した。

しかし一方で、お千代との仲は、手当のしようもないほど離れてしまっていたのである。

今になって思えば、お千代がどんな体をしていたのか、利兵衛はもう忘れてしまっている。

――そんな夫婦が……。

四六時中顔を突き合わせて暮らすことになったのだ。

――清之助め……。

二親《ふたおや》の不仲を案じていた奴にまんまと乗せられたか……。

「旦那さま……」

作助が案じ顔で酒を運んで来た。

「これを召し上がったらお休みくださいませ。お風邪《かぜ》を召します」

「すまんな、作助。こんな田舎暮らしになってしまって」

「なあに、あっしももう年寄です。空気のよいこちらで暮らすのはありがたいことです」

「そうか、頼りにさせてもらうぞ」

「旦那さま……気を長くお持ち下さいませ。おかみさまは旦那さまに感謝しております。この作助にはよくわかります」

作助はそういうと、自分の部屋に引き上げて行った。

「ふむ……」

酒はあたたかかった。

一口飲む。

今まで気にもとめてこなかった下男の心遣いに、利兵衛は胸を熱くしていた。

四

利兵衛は、蟬《せみ》しぐれの中を歩いている。

池之端仲町《いけのはたなかちょう》の仕舞屋、おまつの家に向かっているのだ。

お千代を向島に移してから三月《みつき》、利兵衛は疲れ切っていた。

二月《ふたつき》前には清之助の祝言も済ませた。

店は今、清之助を中心にしてうまく回っているようだ。

若女房のおきよも気配りの出来た女子で、お千代の見舞いにも五日に一度菓子などを持参してはやって来て、清之助さん、清之助さんと新婚の暮らしを披露してくれている。

それがお千代の一番の楽しみになっているが、清之助の女房にお千代の面倒を頼むわけにはいかない。

お千代の世話は、利兵衛とおみよの仕事になっているのだが、一番大変なのは厠《かわや》に連れて行くことだ。

右足が不自由なお千代は一人では歩けない。おみよ一人では支えきれない。

そこで利兵衛がおみよと二人で、お千代の両脇を抱えて厠に向かうことになるのだが、時に手間取り過ぎて途中で漏《も》らしてしまうことがある。

そんな時お千代は、手当たり次第に周辺にある物を投げてくるのだった。

体がいうことを聞かなくても恥辱《ちじょく》の心はある。やりきれないその感情を、お千代は物を投げることで済ませているのだった。

初めのうちは、利兵衛は止めに入っていたが、近頃ではやるがままに任せてある。

見守っていると、やがて治まる。

そして、ひととおり怒りが治まると、お千代はしくしく泣くのだった。

あれほど気丈で勝気だったお千代が泣いている。

それを見守る利兵衛の心も切ないのだ。なぐさめてやる言葉もない。

若い時には誰がこんな状況に立たされるなどと思うだろうか。

人は歳をとる。そのことは漠然《ばくぜん》と考えてはいたが、いがみあっていた夫婦が、最後には四六時中顔を突き合わせて暮らさなくてはならないなどということは、利兵衛の頭の中にはなかったのだ。

どう足掻《あが》いても仕様がない。鬱屈《うっくつ》した心を晴らすのは、もはやおまつに会うことしかあるまい。利兵衛はそう考えて向島を出て来たのだ。

ただ、最後に会ったのは一年も前のことだ。普通の女なら男が出来ているだろうが、あのおまつだけは違う。

利兵衛には自信があった。だから放っておいた詫びの気持ちをこめた手当も懐紙に包んで懐《ふところ》にある。

——おまつを抱けば、この疲れた心がいやされるかもしれない……。

利兵衛は久しぶりに玄関の戸を開けた。

「!………」

なんと土間に男の草履《ぞうり》があるではないか。

利兵衛はかっとなって奥の部屋に大股で向かい戸を開けた。

「あっ」

おまつが乳房を押さえて起き上がった。

「どうしたんだ……誰だい、おめえは?」

寝呆《ねぼ》けた声を上げながら、若い男が半身を起こし、仁王《におう》のように立っている利兵衛を見た。

「お前は……」

利兵衛はおまつに歩み寄って頰を平手打ちした。

「何しやがる！」

若い男が裸のまま立ち上がって利兵衛に摑みかかってきた。

「止《や》めて、止《よ》してください！」

おまつは襦袢《じゆばん》をひっかけたままの姿で、組みあい、もつれあう二人の周りを右に左に走り回る。

利兵衛は怒りに任せて、男と摑みあい組み伏せ、そして組み伏せられたが、暮らしに疲れた初老の男が若い男の力に敵《かな》う筈もない。

まもなく利兵衛は、おまつの体の匂《にお》いのついた若い男に組み伏せられた。

「吉《きち》さん、この人、昔、私が世話になっていた人なんですよ。きっぱりと今日話をつけますから、今日は吉さん帰って、お願い」

おまつが若い男に手を合わせる。

「ちっ、おいぼれめ」

吉という男は、唾《つば》を吐きかけんばかりの口調で毒づくと利兵衛から体を離し、

「二度とここに顔を出すんじゃねえぜ。今度会ったら、ただじゃあすまねえ。覚えておきな」

捨て台詞《ぜりふ》を置いて帰って行った。

利兵衛は、のろのろと体を起こした。

その背中に、蟬しぐれが襲い掛かる。

――これ以上の屈辱があっただろうか……。

起きて襟《えり》を整えていると、

「そういうことです、旦那さん。旦那さんにはお世話になりましたけど、あたしにだって暮らしがある。悪く思わないでくださいね」

おまつは、耳を疑うような言葉を並べた。

「お前も随分かわったものだな」

利兵衛は言った。

従順で大人しいと思っていた女が、男を作り、縁切りの言葉を投げかけてきたのだ。

利兵衛は仕舞屋の表に出た。

後ろは振り向かなかった。

利兵衛は、蟬しぐれに見送られながら、仕舞屋を後にした。

「すまんな、麦湯を一杯くれないか」

利兵衛は、首に滴《したた》り落ちる汗を拭《ふ》きながら、若い女に告げた。

「大きいのにします……それとも小さいの？」

麦湯の女は、にこにこして訊いた。

「大きい小さいとは……」

「はい、暑いでしょ。これまでのお茶碗では少ないっておっしゃるお客さんがいるものだから、ひとまわり大きなお茶碗をお出しすることにしたんです」

「じゃあ大きいのを」

利兵衛は言い、女が運んで来た麦湯を一気に飲み干した。

そしてまた、忙しく手巾を使う。

おまつと、あの吉という男に対する怒りの炎を燃やしながら、わき目もふらずに歩いてきたことで、汗はとめどなく噴《ふ》き出している。

「旦那さまはどこからいらっしゃったのですか、ずいぶんな汗ですこと……その手拭《てぬぐ》い、水で冷やしてあげましょうか」

娘は側にある水桶《みずおけ》をちらと見た。

「ありがとう。それはせっかく汲《く》んで来た水だ。何、そこの川の水で濡《ぬ》らしてくるかな」

利兵衛は神田川《かんだがわ》に降りて行った。

明るい麦湯の女の思いやりは、ほんのちょっぴり、ささくれだった利兵衛の心に、優しい風を送ってくれた。

利兵衛は河岸に降りた。

ここは稲荷《いなり》河岸と呼ばれていて、船着き場があり、辺りにはいろんな荷物が積み上げられている。

神田川に向かって右手の方には矢場があり、若い武士が二人、弦《つる》を鳴らしている。

その先には、和泉橋《いずみばし》が見え、新《あたら》シ橋《ばし》がさらにその先に見えるが、柳の木が青々として優美に垂《た》れて風になびいているし、土手には茅《かや》が生い茂《しげ》っている。

利兵衛は大きく息を吸ってから、桟橋《さんばし》から手を伸ばして手拭いを濡らした。

水は冷たく、麦湯の娘が言った通り、すっと汗が引いていくようだ。

大きな石の上に腰を据えると、利兵衛は首から胸へ、そしてわきの下まで汗を拭った。

目の前を一艘《いっそう》の船が上って行く。

船頭は利兵衛と変わらぬ年頃か、片肌脱いだ逞《たくま》しい胸が夏の日差しを撥《は》ねかえしている。

――何をやっているのだ俺は……。

利兵衛は船頭を見送りながら、おまつの家に出向くきっかけとなった出来事を思い出した。

それは昨夜のことだった。

お千代の部屋で添い寝をしていた利兵衛は、お千代の声に起こされた。

お千代の添い寝は、おみよと交代でしているのだが、昨夜は利兵衛の番だったのだ。

利兵衛は急いで行燈《あんどん》の灯を大きくし、お千代の顔を覗いた。するとお千代は厠に行きたいと言う。

利兵衛はおみよを起こそうかと思ったが止めた。

おみよは休む暇《ひま》なく働いてくれている。こんな深夜にまで起こしては可哀想だ。

なんとかなるだろうと考えてお千代を抱え上げたが、お千代は布団から下りて立つと同時に漏らしてしまったのだ。

「大丈夫だ、着物を替えてやるぞ」

利兵衛がお千代の浴衣《ゆかた》を剝《は》ぎ取ろうとすると、お千代は、どこにそんな力があるのかというような力で、それを拒んだ。

「我儘《わがまま》を言うんじゃない！」

利兵衛は、固く着物を押さえたお千代の手の甲を、強く叩いた。

「あっ」

お千代は声を上げて、恐ろしいものでも見るような目で利兵衛の顔を見た。

「おみよを起こすわけにはいかんだろう」

叱りながらお千代の着物を剝ぎ、二布《ふたの》を取った。

淡い光の中に、お千代の裸体が浮かび上がった。

——！………。

利兵衛は少し驚いていた。

お千代は四十半ばになっている筈だが、まだその体は艶を蓄《たくわ》え息づいているのが分かった。

一緒になった頃のお千代の体は、もうぼんやりとしか頭の隅《すみ》に残っていないが、少なくとも婿入りした頃は、お千代の体に惑溺した時期があったのだ。

そう思った時、利兵衛はふと、一年前まで囲っていたおまつを思い出したのだった。

「いらっしゃいませ」

利兵衛は懐かしい声に迎えられた。

利兵衛が入ったのは、神田の道場からさほど遠くない小泉町《こいずみちょう》にある小さな居酒屋である。

「まあ、永四郎さまじゃありませんか」

注文を聞きに出て来た女将がにこにこして言った。

女将と言っても、もう六十はとっくに過ぎた老女だが、肉付きが良いせいか、昔と変わらないように見える。

「そうだな、酒と簡単な肴でいい」

「あらあら、今や永四郎さまは富田屋の大旦那さま、まさかこんなうらぶれた店にいらっしゃるとは思いませんでしたよ」

「俺は何も変わってはいないぞ」

「いいえ、確かにお武家さまから町人のお姿におなりですが、貫禄《かんろく》もおつきになってご立派です。今の御身分なら、そんじょそこらのお武家さまだって敵わない。大きな料理茶屋におあがりになる身分ですのに、よくこんな所に来て下さいましたね」

「女将、大げさだぞ」

利兵衛は笑った。

「いいえ、大げさなものですか」

女将も笑って、

「皆さん、道場をおやめになったら、ここにはなかなか……まして御出世なさった方は見向きもしませんよ」

「嫌みか……女将の口は健在だな」

「はいはい、ちっともかわっておりませんからね。あの頃も、よく皆さんに説教をしたものです」

「そうだった。俺も叱られたな。みんな言っていたんだ。女将はおふくろのようだから逆らえないんだって」

「ありがと。すぐにお持ちしますね。たくさん飲んでってくださいね、富田屋の利兵衛さま」

女将は嬉しそうに板場に飛んで行った。

利兵衛の心が一気に癒《いや》されて行く。

忙しさに紛《まぎ》れて、すっかり忘れていた世界だが、若い頃に織之助たち道場仲間と、この店で盛りあがったことが思い出される。懐かしさで、にわかに胸が熱くなった。

——このままでは帰れぬ。

ふらふらとここにやってきたのだが、間違っていなかったようだ。

女将はすぐにお銚子と茄子《なす》の漬物を持って出て来た。

「今いろいろ板さんに頼んでおきましたから、これでまずは一杯やってて下さいまし」

利兵衛に酌をする。

その盃を飲み干すのを待って、女将は小さな声で言った。

「美郷さまが御実家にお帰りになっているようでございますよ。いろいろ噂を聞いているけど、お気の毒ね」

女将はそれだけいうと、別の客のところに行った。

——遠い昔のことだ……。

利兵衛は酒を飲みながら、俺は女を愛おしむ資格はない、そう思った。

実は誰にも言えない事だが、

――お千代が死んでくれれば楽になる……。

ふと昨夜、そんな思いが頭を過ったのだ。

かつて体を許し合った相手に、そんな事を考えるなど、自分の冷たさに気づいて衝撃を受けている。

おまつに、ああいう仕打ちをされても、当然の人間なんだ。

ちびりちびりとやっていると、ふいにぽんと後ろから肩を叩かれた。

「織之助……」

振り返って利兵衛は驚いた。

着流しの織之助が立っていたからだ。

「良かった、おぬしが今一人でいるのは、ここだろうなと見当をつけてやってきたんだ」

織之助は、向かい合って座った。

するとすぐに女将が飛んで出てきて、

「あら、今度は奥田織之助さまじゃあございませんか」

「女将、御無沙汰《ごぶさた》だな」

「はい、今も永四郎さま、いいえ、富田屋の旦那さまにお話ししていたところなんですよ。よく忘れず来て下さいました」

「こちらと同じものを頼む。酒は冷《ひや》でもいいぞ」

織之助は言い、女将が板場に消えると、

「向島に訪ねて行ったんだ。おぬしの事が心配でな、そしたら出かけたっていうものだから……」

「実は、おまつのところに行ったんだ。だがな、追い出された。男が出来ていたんだ」

織之助は頷いたあと、利兵衛の肩に手をやると、

「いいじゃないか」

「………」

「少し力を抜け。時々こうして飲もうじゃないか」

「すまぬ」

「何がすまぬだ」

「お前は私が町人になっても、変わらずつきあってくれた。それがいま、どんな

にありがたいことか身に染みている」

「大げさな……」

「大げさではない。武士から町人に転じた私には、それまで培《つちか》ってきた友人たちとの繋《つな》がり、しがらみ、あらゆるものと決別せねばならなかった。自分を支えるものは商いしかなく、しかもその商いの競争に勝ち続けなければならなかった……」

「うむ……」

織之助は耳を傾けながら熱心に聞いている。

「実家との縁さえ薄くなって、私は孤立無援の思いをはねのけて店も大きくしてきたつもりだ。しかし、今思うのは、これでよかったのだろうかと……摑んだものはなんだったんだろうかと……確かなものは、お前との友情だけだ」

「いや、そんなことがあるものか。俺の目からみれば、おぬしは俺より、はるかに大きなものを摑んで来た。お前は今、お内儀の介護で疲れて物を見誤っている。もう一度静かに自分を見詰めてみろ。見えなかったものが見えてくるかもしれぬぞ」

織之助は、利兵衛の横顔をきらりと見た。

五

大工に頼んで庭に竹の棒を渡した柵を作ったのは、秋の声を聞いてまもなくのことだった。

お千代の気分の良い時間をみはからって、歩行の練習を始めたのだ。

不自由な右手はおみよか利兵衛が持ち、もう一方の手は竹の棒を摑んで、一歩ずつ前に進む練習だ。

幸い病状は落ち着いていて、訓練を重ねれば、杖をついて歩行できるようになるかもしれないと玄庵に言われたことで、利兵衛たち介護をする者も、お千代本人も、かすかではあるが光が見え、俄然前向きに物事を考えるようになった。

歩行の訓練をする前には、あんまに手と足を揉《も》んでもらっている。

また舌のしびれをとるために、い、ろ、は、などと言葉を発する練習も始めた。

お千代が意外に素直に聞き入れたのは、ひとつには、嫁のお腹にややが出来たということがある。

「ま、孫がふまれたら、このうれに抱きたい……」

お千代のたびたびの言葉である。

織之助が言った通りだ。静かに眺めてみると、長くて暗い洞窟《どうくつ》から出られるかもしれないのだ。

とはいえ、お千代の感情の起伏が止んだ訳ではない。

そんな時には、おみよにも暇を出してやるし、自分も外に出て、世間の風に当たるようにしている。

たとえ半日でもそうしていると、ささくれだった気持ちが治まって来るというのを知ったのだ。

今日も利兵衛は、お千代の機嫌の良いのを確かめてから、おみよに後を頼んで仕舞屋を出た。

まっすぐに富田屋に向かった。

利兵衛が向島で暮らすようになってからも、清之助と番頭の庄五郎は、大事な案件については決裁を仰ぎに来ているし、帳簿も持参してきている。

離れていても店の様子は摑んでいるがそろそろ秋の仕入れに伊勢に出かける頃だと思ったからだ。

「これは旦那さま」

番頭の庄五郎が帳場から飛び出して来た。

利兵衛は店を見渡した。店の中にはお客が多数見受けられる。

富田屋は利兵衛がいなくても、しっかりお客を摑んでいるようだ。

「清之助は……」

奥に向かいながら尋ねると、

「はい、大和屋さんのひきで、本日は水戸家に参りました。これからはお大名とのつきあいが多くなりそうです」

「番頭さん、そのことだが、あんまり深入りはしない方がいい。元武家だった私がいうのもなんだが、節季《せっき》にいただくお金が一度でも滞《とどこお》ったら手控《てびか》えることだ」

「はい、それは若旦那さまも私も、このお店の家訓をまもっております」

「で、おきよはどうした？」

「御実家にお帰りです。身二つになればお戻りになられます。先方も初孫でございますから、大変な気の遣いようで、こちらはおかみさまが御病気ですから、若旦那さまも助かるとおっしゃって」

「お千代も楽しみにしているのだ」

「はい、ずいぶんと良くなられたと聞いています。おかみさまは旦那さまに介抱していただいて、きっとお喜びだと存じます」

「それなら良いが、気に入るように手を出すのは、なかなかむつかしい」

「そうでしょうね。でも、若旦那さまはそれを分かっていて、おかみさまの介護を旦那さまにしてほしいと、おっしゃったのだと存じますよ」

「…………」

　利兵衛は苦笑した。

「旦那さま……」

　番頭は利兵衛の顔色を見て話を継いだ。

「こんなことを申し上げては若旦那さまに叱られそうですが、申します。若旦那さまは、とりわけご両親のことが案じられたのだと思います。親には親の考えや感情があるのでしょうが、子供の若旦那さまからみれば、いずれも大切な親です。ご両親には心を寄せ合って暮らしてもらいたい、そう考えて、旦那さまにおかみさまの介護を頼んだのだと思います。おっかさんが元気になれば、またおとっつぁんにこの店を仕切っていただく、そのようにおっしゃって頑張っておいでなのです」

「そうか……いや、店のかわらぬ繁盛は、番頭さんのおかげです」

「勿体《もったい》ないことを……」

番頭は深く頭を下げた。その鬢に白髪がおびただしいのを利兵衛は見た。

「お武家でいらした旦那さまが、このお店に参られた時、私は手代でございました。以来、ずっと旦那さまのなさりようを拝見して、つくづく、本当につくづく、ご立派な方だと尊敬してまいりました」

「おいおい番頭さん、どうしたのだ……」

利兵衛は笑った。

「いつか一度、私の気持ちをお伝えしようと思っておりましたので」

番頭庄五郎は明るい顔で笑った。

「ところで今度の仕入れには誰が行くのだ？」

「はい、私は若旦那さまをお連れしたいと考えているのです。その折には申し訳ございませんが、旦那さまにはお店をお願いしたいと存じます」

「わかった、私もそのことを考えてやって来たのだ。一度現地を見てこなければ一人前とはいえぬ。それが終われば、私は利兵衛の名を清之助に譲ろうと思ってな」

「旦那さま！」

「何、名を変えても私には私の役割がある。それよりも清之助にいっそうの覚悟をもって店を営んでもらわなければならぬからな。ただこのこと、今は清之助には内緒だ。伊勢から帰り、赤子も無事生まれたところで、襲名披露を行うつもりだ。心に置いておいてくれ」

驚いた顔で頷く番頭に見送られて、利兵衛は富田屋を後にした。

利兵衛は久しぶりにすがすがしかった。

向島で暮らしながら一番の懸念だった店のことが晴れたからだ。

――それにしても……。

清之助は両親の不仲を感じて悩んでいたとは、親の心子知らずというが、その逆ではないかと苦笑する。

岡場所の女のことで人に怪我をさせた清之助を見た時には、こんな子に育てて、果たして先々店を任せてよいものかと不安だったが、何、不安な思いにさせていたのは親の方だったのだ。

利兵衛は思い出したように町駕籠《まちかご》を拾った。

「亀戸天満宮まで頼む」

おきよの安産を祈禱してもらおうと思ったのだ。

少し遠回りになるが天神さままで行けば、却って向島の仕舞屋は近い。

四半刻（約三十分）後、利兵衛は宮司に祈禱をしてもらい、その札を富田屋まですぐに届けるように頼むと、境内にある水茶屋に立ち寄った。

「永四郎さま……」

ふいに昔の名を呼ばれて振り向くと、中年の女が下女を従えて立っていた。

「美郷どの……」

利兵衛は茶碗を置いて立ち上がった。

「おなつかしい、まさかこのようなところでお会いするとは……」

懐かしい涼《すず》やかな声で美郷は近づいて来た。

織之助に聞いていた通り、美郷は痩《や》せていた。着物の上からもはっきりと分かる。

ぱっちりした目もとも、ふっくらとした唇も、往年の麗《うるわ》しさはないが、その声だけは昔のまま、

――苦労をされたのだ……。

そう思うと胸が痛んだ。

「わたくし、近頃は暇をもてあまして、こうしてあちらこちらにお参りをして暮らしております」

笑って告げたが、その体からは寂しさが漂っている。

「私もご覧の通りの、隠居を控えた爺さんだ」

「まあ」

美郷は、くすくす笑った。

「今は富田屋利兵衛と名乗っています」

「そうでしたね、奥田さまからお聞きしています。でもお似合いですよ」

美郷は、利兵衛の姿をさらりと眺めて、また笑った。

笑った顔は、一瞬昔の美郷を彷彿《ほうふつ》とさせた。

「それで、利兵衛さまはどうして、こちらへ？」

「何、あなたと一緒だ。暇をもてあましている。歩いて足を鍛《きた》えた方がよいと思いましてな」

利兵衛は、嫁の安産祈願に来たのだということを言わなかった。

美郷は夫が不祥事をし、しかも死なれて実家に帰っている身だ。

これまでの美郷の人生を眺めるかぎり、幸せには程遠いと言わねばなるまい。

「あの、わたくしもお茶をご一緒してもよろしいでしょうか」

「どうぞ」

利兵衛が席を空けると、美郷は女中を帰した。

「よいのですか……」

利兵衛が訊く。

「わたくしは駕籠で帰ることに致しました。本当は実家の女中を連れて出歩くのは気が重いのです。だってわたくしは、出戻りですから……」

「美郷どの……」

「でも、よかった……お会いできて……」

美郷は、白くて細い指で茶碗を取った。

取ったまま、美郷は黙って遠くを見つめている。

その視線の先には参拝客が見えているが、美郷の心の目は別の物を見ているようだ。利兵衛も黙って茶碗を取った。

美郷が今見ている物を訊きたかったが、口には出せなかった。

口に出せば、長年秘してきた恋慕《れんぼ》の気持ちが噴き出しそうで怖かった。

しばらくして、美郷はぽつりと言った。

「あなたと……永四郎さまと歳を重ねて、こうしてここにお参りに来て、お茶を飲むことが出来ていたら、どんなに幸せだったでしょうね」

「美郷どの……」

「永四郎さま……」

美郷の哀しげな目が利兵衛の目をとらえている。

「あなたの苦労は、織之助から聞いている」

「…………」

美郷は袖《そで》で顔を覆《おお》った。

途端に道行く人も、茶屋の女も、二人にちらりちらりと視線を寄越《よこ》す。

これではまるで、私が美郷どのを泣かせているようではないか。

利兵衛は慌てて美郷に言った。

「ここではなんだ、場所を変えましょう。そこで美郷どのの苦労をお聞きします。さすれば気持ちも少しはおさまります」

このままでは帰せない……利兵衛はそう思った。

美郷も頷いて利兵衛に従った。

まもなく二人は、天満宮の門前町にある料理茶屋に入った。
大通りから少し横丁に入った場所で、参拝客の喧騒も届かぬ静かな店だ。
昔一度問屋仲間と立ち寄ったことがあるが、その時誰だったか、
「ここは料理も美味《うま》いが、内々の出会いにも使える。密談するにはもってこいの店だ」
そんな事を言っていたのを思い出したのだ。
つまりここは密かに人と逢うには立地も雰囲気も頃合いだ。
他の店も考えたが、門前町の表通りの店は騒がしい。
この辺りで、人の目につかず、武家の女子と入るような店は他にはないのである。
「いらっしゃいませ」
落ち着いた仲居の出迎えを受けた利兵衛は、静かな部屋を頼み、料理と酒も頼んだ。
丁度七ツ（午後四時頃）の鐘が聞こえてきて、小腹《こふく》も空いた頃である。
「さあ、ここなら誰に気兼《きが》ねもいりません。お腹を膨らませて、それから美郷ど

のの話をお聞きしましょう」

利兵衛は努めて鷹揚《おうよう》に言った。

結界を張ったつもりだったが、心の中では、心の臓が激しく音を立てているのだ。

まもなく料理が運ばれて来た。

「すまないが呼ぶまでこの部屋に来ないでくれますか」

利兵衛は仲居にそう告げた。

「さあ、いただきましょう」

仲居が退出するのを待って利兵衛は膳を勧めたが、美郷は箸をとらなかった。

「どうしました……料理が気に入りませんか」

「いえ……」

「食事をして帰っても叱られることはないでしょう、さあ……」

「ありがとうございます」

美郷は深刻な顔をしている。

「美郷どのとお会いして、こうして食事をすることなど、そうあることではない」

た。

「ええ、本当に……」

美郷はそう答えて箸をとったが、やはり何かを決心したように箸を膳に戻した。

「利兵衛さま、いえ、永四郎さま……わたくし、先ほど嘘《うそ》をつきました」

じっと利兵衛を見詰めて言った。

利兵衛は黙って見返すと、静かに箸を置いて美郷を見た。

「暇を持て余してお参りをしているなどと申しましたが、実はわたくし、十日後にはこの江戸を離れることになっているのです」

「何故《なぜ》です……」

美郷は哀しげに頷いた。

利兵衛は目を見開いた。

いきなり胸をぐさりと刺されたように思った。

「甲府《こうふ》に参ります」

「甲府ですと……何故甲府に参るのです」

「甲府勤番として今むこうで暮らしている矢代孫八郎《やしろまごはちろう》という方の後妻にとお話がございまして……」

「なんとそれは……」

驚きで言葉も出ない。利兵衛は大きく息をついた。

二人はしばらく黙って座った。どれほどの時間沈黙していたのか分からないが、息苦しい時間が流れた。

「しかし……」

利兵衛は、ようやく口を開いた。

「何故そのような縁談を承諾したのですか」

問い詰める口調になっていた。

「あなたなら、その気になれば、いくらでも良い再嫁先はある」

「でもまたこの江戸で、永四郎さまと同じ空の下で暮らしながら、他の人に嫁《とつ》ぐというのは、もう耐《た》えられません」

「美郷どの……」

利兵衛は驚いた。

美郷は今、はっきりと、利兵衛への思慕を伝えてくれたのだった。

大胆な美郷の言葉に、利兵衛は一瞬たじろいだが、胸が喜びに満たされるのを感じていた。

出来ることなら利兵衛だって、美郷とこの先暮らせたらどれほど幸せか。だがそれは夢にさえかなえられない話であった。

美郷は、言った。

「この江戸を離れて遠くに行けば諦《あきら》めもつきます」

「…………」

「それにわたくし、実家にいても厄介者《やっかいもの》ですから」

「そんなことはないでしょう。あなたの兄上は、そんな風には思わない」

「兄はそうでも、やはり……それで、甲府に参れば、もう江戸に帰ってくることは、まずないと思われます。せめて江戸を発《た》つまでに、あちらこちらを見ておきたいと存じまして、お寺や神社を巡《めぐ》っていたのです……」

「すまない。美郷どのの話を聞きましょうなどとえらそうなことを言ったが、私には、あなたを慰める言葉もない」

「分かっています。永四郎さまには永四郎さまの事情がおありです。わたくしは、永四郎さまにお会いするのさえ諦めておりました」

「…………」

「織之助さまには、かまわないから会ってくればいい、なんなら私が連絡をとってもいいとおっしゃっていただきましたが、そちらさまの事情を考えると、諦めざるを得ませんでした」

「………」

そうか、織之助はそこまで考えて俺に会いたいと言ってきたのかと、人の良い織之助の顔を思い浮かべた。

「もうお会いすることはあるまい、すっかり諦めておりました。そんな時に、永四郎さまにお会いしました。わたくしはこれこそ神様のお導きだと……」

しっとりとした目で、美郷は利兵衛の目をとらえた。

「………」

「永四郎さま、これが最初で最後だと思って、わたくしお伝えします。わたくしは、ずっと、ずっと永四郎さまの事をお慕《した》いしておりました」

「美郷どの」

「口を噤《つつし》めとおっしゃらないでくださいね。でないとわたくし、心を残したまま旅立たねばなりません」

「………」

「わたくしは、永四郎さまが富田屋のお婿さんに入って、お内儀さまとの間に立派な御子息さまがお生まれになったのも知っておりました。でも、わたくしの気持ちが変わることはございませんでした。それで夫が長崎に行くと決まった時にも、わたくしは長崎行きを拒みました。ですから、あの人が遊女に溺れたのも頷けます。わたくしが悪いのです」

「そんなことがあるものですか。自分を責めてはいけない」

「いいえ、そうなのです。ですからあの人が亡くなって、お家が断絶して、実家に戻ったそのことも、またこの度、二度と帰れぬ甲府に参ることになったことも、全て身から出た錆《さび》だと思っています。でも……」

美郷はそこで言葉をいったん切ってから、

「神様にお願いしていたんです。ひとつだけわたくしの願いをかなえて下さいませ。永四郎さまに会わせて下さいと……」

美郷は利兵衛を見詰めて言った。

その目がしっとりと潤《うる》んでいるのを利兵衛は見た。こんなに美しく愛しい目を見たことがあるだろうか。

「美郷どの……」

利兵衛は美郷を引き寄せた。

「私も美郷どのと同じ気持ちだ。もう何も言わなくていい」

利兵衛は強い力で美郷を抱いた。

美郷は、鬢付け油のかぐわしい匂いがした。

「永四郎さま、抱いて下さい」

顔を上げた美郷が、か細い声で言った。

「いいのですか……」

利兵衛は美郷の裾《すそ》にためらいがちに手を入れた。

ぴくっと、美郷は驚いたように体を引いたが、更にその奥に利兵衛が手を忍ばせると、美郷はじっとして利兵衛の手を迎え入れた。

——いたわしい……。

利兵衛の手は、美郷の体を確かめていた。

美郷の体は思った通り細かった。だが、肌はまだしっとりとして四十路の女だとは思えなかった。

ちらりとお千代の顔が横切ったが、

「永四郎さま……」

利兵衛を見上げて来た美郷の目に、熱い涙が膨れ上がるのを見たその刹那、

――これでいいのだ。ずっと望んできたことだ。罰を受けろというのなら受けてもいい……。

利兵衛は美郷の熱い体を抱きしめた。

六

美郷が甲府に発ってから、早いもので半年以上が過ぎた。

亀戸天満宮での出会いは、秘中の秘、お互い胸の中に仕舞ったまま、墓場まで持って行こうと約束した。

「美郷どのは意外や意外、覚悟を決めて甲府に旅立ったようだ」

これは美郷を見送った織之助の報告である。

利兵衛もまた、あの日以来、自分の内にこれまでにない自分を感じるようになっている。

介護はその後もずっと続いているし、時には寺社を巡ることもあるのだが、以前のような苛立《いらだ》ちはなくなった。

かわって、生きとし生けるものへの畏敬の念が生まれている。

特に人の生き様は、振りかえって眺めてみれば、無様《ぶざま》な姿だけが目に映るが、皆今を必死に生きているのだと思うと、人は生きているそのことが、愛おしいと思えて来る。

そういう思いに至ったのは、美郷に会ったからかもしれない。

向島のこの仕舞屋で五月を迎えるのも二回目、慌ただしかった一年を振り返りながら、利兵衛は庭の雑草を抜いている。

その利兵衛の背を、とんと叩いた者がいる。

振り返ると、赤子を抱いたおきよと清之助が立っていた。

「おう、来たのか」

振り返った利兵衛は笑顔で立ち上がった。

「おとうさま、清一郎《せいいちろう》を抱いてあげてくださいませ」

おきよは産後の肥立ちも良いのか、血色も良い。

「そうか、そうであったな、今日はお宮に参ってきたのか」

「はい。それでどうしてもおきよが、おとっつぁんとおっかさんに赤子の顔を見せたいというので連れてきたのです」

「待て待て、今手を洗って来る」

利兵衛が井戸端に走って戻って来ると、お千代が赤子を膝の上に乗せて貰って嬉しそうに笑っていた。

「せ、せいのすけによくにている。あなた、ほら」

利兵衛に懸命にお千代は伝える。

「おっかさんは昔私にいいましたね。私の夜泣きがひどかったって。そんな時には、おとっつぁんがあやしてくれて助かったたって」

清之助の問いかけに、お千代が頷く。

「では清之助さんもお願いしますね」

横からおきよが言ったものだから、皆いっせいに笑った。

まもなく赤子が泣き出して、息子夫婦は慌てて駕籠で店に帰って行った。

しかもおみよも魚を買いに出かけて行ったから、一瞬にして仕舞屋は水を打ったように静かになった。

利兵衛は再び庭に出た。

草をむしりながら、清之助の言葉を思い出していた。

お千代ともうまくいっていた時があったのだと、心の中で苦笑いしながら改めて記憶をたぐりよせてみる。

――確かにうまくいっていた時はあった。

最初の数年は、お互いを疎《うと》ましく思ったことはなかったのだ。

それがどこでどう歯車が狂ったのか、どんどんお互いの心が離れていったのは、お千代ばかりに責があるというものでもあるまい。

「あ、あなた……」

お千代の呼ぶ声に気が付いて立ち上がると、

「あ、あるく、あるく……」

お千代は歩く訓練をしたいと訴えているのだ。

「よし、草を抜いて足元もよくなった。歩いてみるか」

利兵衛は先ほどまで抜いていた草を、片隅に寄せて積み上げると、お千代を抱えるようにして庭に出した。

「一、二……一、二……」

号令を掛けながら、お千代の歩みに手を添える。

お千代は懸命に足を進めようとする。

「慌てることはないんだ。そのうちに、杖を頼りにして、ゆっくりと歩けるようになる」

利兵衛の言葉も、お千代の耳には入っていないようだ。

「あっ」

突然お千代は大きな声を上げた。

「どうした」

「か、かえる……」

お千代が目指す先には、利兵衛が抜いた草が積み上げてあるのだが、その草の上に、眠りからいま覚めたような顔をして、かえるが一匹、こちらを見ている。

「と、とんだ！」

お千代がはしゃいだ声で言った。

かえるが一方に、ぴょうんと飛んだのだ。

「かえるが、とんだ……」

懐かしそうな顔をして、お千代はもう一度言い、利兵衛を見た。

「お千代……」

利兵衛の脳裏に、新婚早々の頃、隅田川《すみだがわ》の桜の木の下で二人並んで座った時の事が、突然浮かんで来た。

あの時、座ると同時にかえるが飛んできて、お千代の膝に飛び乗った。

「きゃ！」

お千代は黄色い声を上げて利兵衛にしがみついたのだ。

——可愛《かわい》らしかったあの仕草……。

そうか、お千代はあれを思い出したのだと、利兵衛は、はっとしてお千代を見た。

「わたし、か、かんしゃ、しています……」

お千代は片手を胸元にあてて利兵衛に言った。

「お千代……」

「ご、ごめんなさい。こんなか、からだになってしまって……わたし、あ、あなたに感謝してます……」

お千代の目から大粒の涙が零《こぼ》れ落ちた。

「お千代……」

利兵衛はお千代の肩を、そっと抱いた。

解説　迫真の人間ドラマ、独特の味わい

文芸評論家　菊池《きくち》　仁《めぐみ》

実にいい。文庫書下ろし時代小説界を引っ張る三人の競作だけのことはある。「哀歌の雨」というモチーフもいいが、それをイメージした物語には迫真の人間ドラマがぎっしりと詰まっていて、独特の味わいを堪能できる。

トップバッター・今井絵美子《いまいえみこ》「待宵《まつよい》びと」はヒロイン・紀伊《きい》の哀切な生きざまがじわりと胸に迫ってくる佳品に仕上がっている。

作者が作家として実質的なデビューを飾ったのは、二〇〇三年に時代小説の登龍門的な意味合いをもってきた九州さが大衆文学賞を受賞した「小日向源伍《こびなたげんご》の終《お》わらない夏《なつ》」でである。ここで描かれる藩財政の逼迫《ひっぱく》による俸禄の引き下げや人員削減は、そのまま現代のリストラに通じている。それを〝武家義理物語〟（幕藩体制の論理と人間の論理の中で浮かんでくる生きざまを描いたもの）として描いたところに新しさがあった。要するに、歴史という過去の時間と空間を超え

て、力強く湧《わ》き上がってくる〝現代性〟は、作者の時代感覚の鋭《するど》さと、現代批評という骨太な資質がうかがえた。

この作品以降、〇六年にシリーズものの人気作家として不動の地位を築くきっかけとなった「立場茶屋《たてばぢゃや》おりき」（第四回歴史時代作家クラブ賞・シリーズ賞受賞）の『さくら舞《ま》う』が登場。同時期に「照降町《てりふりちょう》自身番書役日誌《じしんばんかきやくにっし》」シリーズも手がけ、市井《しせい》人情もので頭角を現わすことになる。さらに〇九年に「便り屋《たよりや》お葉《よう》日月抄」シリーズの『夢おくり』を発表している。同シリーズが画期的な成功を収めたのは、第一に「便り屋」という職業に着眼したところにある。第二はそれに「口入屋」を付加したことである。両職業共、人と人をつなぐものであり、ここに作者の現代に対する強いメッセージがこめられている。その最たるものが不遇な子供のエピソードを物語の要《かなめ》として多用していることである。作者は子供が子供らしく生き生きと暮らすためには、〝大人の役割〟がいかに重要かを描いている。これがヒロイン・お葉の人的造形のコアとなっているところに特徴があった。作者はこのシリーズもので、市井人情ものの新たな地平を築いたのである。作者の市井人情ものが骨太の印象を与えるのはそれ故である。

こういったシリーズものを旺盛《おうせい》な筆力でこなしていくなかで、作者の筆は確実に円熟味を増しつつある。それを証明したのが一四年の、幕末期の老中・阿部正《あべまさ》弘《ひろ》を描いた長編書下ろしの『群青《ぐんじょう》のとき』であり、一五年の話題作となった『綺良《きら》のさくら』である。

特に『綺良のさくら』は、史実と作者の紡《つむ》ぎ出した虚構を巧妙に織り込むことで、オリジナリティの高い物語を立ち上げることに成功している。作中でいくつかの工夫を施《ほどこ》しているが、注目すべきは、同時期に南部《なんぶ》藩の御預人《おあずけにん》となった栗《くり》山大膳《やまだいぜん》に重要な役割を振ったことである。栗山大膳は福岡黒田《ふくおかくろだ》藩の危機を救うべく敢《あ》えて泥をかぶって、「黒田騒動《そうどう》」という大芝居を打った謹厳実直の士である。

実は、「待宵びと」はこの『綺良のさくら』に登場した栗山大膳の史料にあたる中で発酵させた物語といえる。主人公・堀平《ほりへい》右《え》衛門《もん》は黒田二十四騎の一人で、戦国から江戸時代を駆け抜けた特異なキャリアをもつ猛将であり、その妻・紀伊は大膳の姉である。作者の関心は平右衛門の妻となって生きた紀伊にあり、彼女の生きざまに想像力の翼を拡げた。

作者は戦国から江戸初期という激動の時代に、変化に乗れず、それでも頑《かたくな》に己を貫いた男の生涯を描くと共に、破天荒《はてんこう》な行状が世間の批判を浴び、その目から逃れながらも毅然《きぜん》と生きた紀伊の姿を丹念に追っている。「待宵びと」という題名が哀切な響きをもって迫ってくる。

「風流捕物帖《ふうりゅうとりものちょう》〝きつね〟」は〝風流〟という題名が示すように、江戸前の〝粋《いき》〟を彷彿《ほうふつ》とさせる洒脱《しゃだつ》な造りとなっている。

作者の岡本《おかもと》さとるは立命館大学卒業後、松竹《しょうちく》入社。松竹㈱九〇周年記念新作歌舞伎脚本懸賞に『浪華騒擾記《なにわそうじょうき》』が入選。以後、演劇制作と並行して舞台作品の脚本を執筆する。テレビドラマも手がけ、「水戸黄門《みとこうもん》」などの脚本を執筆している。このキャリアに注目しておく必要がある。一緒に舞台の仕事をした女優の名取裕子《なとりゆうこ》が、作者の特徴について、「博学で穏やかな、学者然とした」「実は内に秘めた世の中の不条理への怒りを沸々《ふつふつ》とたぎらせている人である事」「とてもユーモアのセンスのある人」―(『取次屋栄三《とりつぎやえいざ》③若《わか》の恋《こい》』解説より抜粋)といった点を指摘している。

さすが浮き沈みの激しい業界で第一線を生き抜いてきた女優だけのことはある。的確な評でデビュー作にして出世作となった「取次屋」シリーズは、まさにそんな特徴がいかされたシリーズで、一作ごとに作品世界が豊饒《ほうじょう》なものとなりつつある。このシリーズのキモは、主人公・秋月栄三郎《あきづきえいざぶろう》が職業としている「取次屋」にある。どんな職業かはシリーズを読んでもらうとして、要は作者が舞台作品の脚本やドラマの脚本を手がけるなかで、江戸の町にこんな職業があってもいいのでは？　と想像をめぐらせた結果の産物と推察しうる。これは作者のバックグラウンドや抽《ひ》き出しがいかに豊かなものであるかを示している。

「風流捕物帖〝きつね〟」はそんな作者ならではの作品に仕上がっている。出しの場から快調である。主人公の春野風太郎《はるのふうたろう》は南町奉行所の定町廻り同心《じょうまちまわりどうしん》。定町廻りは髪を小銀杏《こいちょう》という独得の結い方をし、朱房の十手《じって》を後ろに差して歩いたため、一目でそれとわかる姿で、江戸三男のひとつに数えられていた。風太郎は着流しに黒紋付の巻羽織《まきばおり》姿。帯は献上、足下は紺足袋《こんたび》に雪駄《せった》ばきで颯爽《さっそう》と道を行く。いやでも町娘が振り返って熱い視線を送る〝粋〟な姿なのだが、こんな大雨の日はどうもいけない。これが物語の幕開けの合図で、この後、元柳橋《もとやなぎばし》の袂《たもと》に上がった土左衛門《どざえもん》の検分に赴《おもむ》く。これが事件の発端である。

前掲の「取次屋」シリーズは高いエンターテインメント性と、ユーモアセンスに溢《あふ》れた〝遊び心〟が特徴となっているが、本作もその特徴が興趣を盛り上げている。特に「風流捕物帖」に付された〝きつね〟という題名は江戸前の〝遊び心〟を象徴するもので、事件を解く核心として作用する。心地良い読後感は作者の誇るべき持ち味である。

普遍的な人の心の機微《きび》や自然の情景の美しさを、江戸の町で暮らす人々の交情に織り込み、独特の作品世界を描くことを得意としてきた藤原緋沙子《ふじわらひさこ》だが、**「かえるが飛んだ」**では主題や描き方の点で新境地を示している。

作者は立命館大学文学部史学科卒。小松左京《こまつさきょう》主宰「創翔塾」出身で、テレビドラマの「父子鷹《おやこだか》」や「鞍馬天狗《くらまてんぐ》」等の脚本を手がけている。〇二年に「隅田川《すみだがわ》御用帳《ごようちょう》」シリーズの第一巻『雁《かり》の宿《やど》』でデビュー。これが好評を博し、出世作となった。女性作家らしい流麗な筆致の情景描写に始まり、それに引き込まれて読み進めていくと深川《ふかがわ》に縁切り寺があったという意表を突く舞台装置は、作者の才能の豊かさを感じさせるものであった。

これを契機に「藍染袴《あいぞめばかま》お匙帖《さじちょう》」シリーズ、「見届《みとど》け人秋月伊織事件帖《にんあきづきいおりじけんちょう》」シリーズ、「切り絵図屋清七《きりえずやせいしち》」シリーズ等、多くの人気シリーズを書き、一三年には「隅田川御用帳」シリーズで第二回歴史時代作家クラブ賞のシリーズ賞を受賞している。しかし、作者が類《たぐ》いまれな現代の戯作者《げさくしゃ》（豊かな物語性をもった小説を書ける作家）としての手腕の確かさを見せたのは〇四年に刊行が始まった「橋廻《はしまわ》り同心《どうしん》・平七郎控《へいしちろうひかえ》」シリーズ（祥伝社文庫、既刊一一巻）である。

主人公・立花《たちばな》平七郎の職業は、北町奉行所の定橋掛《じょうばしがかり》、通称橋廻りと呼ばれる同心。おそらく作者は同心が江戸の人々に寄り添え、同じ目線に立てる役職とは何かを思案する過程で思い付いたものであろう。周知のように江戸の下町は江戸湾岸のデルタを埋立て、運河を縦横に作った街なので、当然ながら橋梁が多い。江戸の人々にとって〝橋〟は生活に密着した存在であった。加えて、文化《ぶんか》四年（一八〇七）に永代橋《えいたいばし》が崩落し、多数の死傷者、溺死者を出す、史上最悪の落橋事故が起こっている。その意味で橋廻りはピッタリの役職であった。作者はこの〝橋〟に同心という役割を重ね合わせることで独自の物語を立ち上げた。

要するに作者のシリーズものは独自で開拓した手法で貫かれているわけだが、その手法に新たな厚味が加わりつつある。それを証明したのが一五年に発表した『番神《ばんじん》の梅《うめ》』である。詳細は避けるとして、作者は哀切だがそれを超える凜々《りり》しい女性像を刻み込んだ。

「かえるが飛んだ」もその流れに連なる作品となっている。冒頭で新境地を示していると書いたのはそのことである。

まず、題名に注目して欲しい。『雁の宿』『冬萌《ふゆも》え』『桜紅葉《さくらもみじ》』『紅染《べにぞめ》の雨《あめ》』等、そのほとんどが日本的情緒に溢れた抒情的な題名がつけられている。その点で「かえるが飛んだ」はリアル感に充《み》ちている。主題も不仲夫婦の日常で、作者はその実態を夫婦それぞれの内面に切り込み、丁寧《ていねい》な筆致で描いている。年老いていく二人の切迫感はそれこそ現代の熟年離婚が象徴する危機と同質である。さらにそれに介護が加わることで、状況は深刻化する。夫婦関係の着地点は……。ラストシーンのうまさは作者ならではのものである。

〈初出一覧〉

待宵びと　今井絵美子　『小説ＮＯＮ』二〇一六年一月号

風流捕物帖〝きつね〟　岡本さとる　『小説ＮＯＮ』二〇一五年一二月号

かえるが飛んだ　藤原緋沙子　『小説ＮＯＮ』二〇一六年四月号

哀歌の雨

一〇〇字書評

切・り・取・り・線

購買動機（新聞、雑誌名を記入するか、あるいは○をつけてください）

- □（　　　　　　　　　）の広告を見て
- □（　　　　　　　　　）の書評を見て
- □ 知人のすすめで
- □ タイトルに惹かれて
- □ カバーが良かったから
- □ 内容が面白そうだから
- □ 好きな作家だから
- □ 好きな分野の本だから

・最近、最も感銘を受けた作品名をお書き下さい

・あなたのお好きな作家名をお書き下さい

・その他、ご要望がありましたらお書き下さい

住所	〒				
氏名		職業		年齢	
Eメール	※携帯には配信できません		新刊情報等のメール配信を 希望する・しない		

この本の感想を、編集部までお寄せいただけたらありがたく存じます。今後の企画の参考にさせていただきます。Eメールでも結構です。

いただいた「一〇〇字書評」は、新聞・雑誌等に紹介させていただくことがあります。その場合はお礼として特製図書カードを差し上げます。

前ページの原稿用紙に書評をお書きの上、切り取り、左記までお送り下さい。宛先の住所は不要です。

なお、ご記入いただいたお名前、ご住所等は、書評紹介の事前了解、謝礼のお届けのためだけに利用し、そのほかの目的のために利用することはありません。

〒一〇一-八七〇一
祥伝社文庫編集長 坂口芳和
電話 〇三（三二六五）二〇八〇

祥伝社ホームページの「ブックレビュー」からも、書き込めます。
http://www.shodensha.co.jp/bookreview/

祥伝社文庫

競作時代《きょうさくじだい》アンソロジー　哀歌《あいか》の雨《あめ》

平成28年4月20日　初版第1刷発行

著　者　今井絵美子《いまいえみこ》　岡本《おかもと》さとる　藤原緋沙子《ふじわらひさこ》

発行者　辻　浩明

発行所　祥伝社《しょうでんしゃ》

東京都千代田区神田神保町3-3
〒101-8701
電話　03（3265）2081（販売部）
電話　03（3265）2080（編集部）
電話　03（3265）3622（業務部）
http://www.shodensha.co.jp/

印刷所　図書印刷
製本所　図書印刷
カバーフォーマットデザイン　中原達治

ISBN978-4-396-34207-4 C0193

祥伝社文庫の好評既刊